KEITAI
SHOUSETSU
BUNKO
SINCE 2009

極上男子は、
地味子を奪いたい。⑥
～溺愛総長は、永遠に地味子を離さない～

＊ あ い ら ＊

JN020456

◎ STARTS
スターツ出版株式会社

イラスト／柚木ウタノ

１万年にひとりの逸材と言われた、

元人気No.１アイドル、「カレン」。

芸能界を引退し、夢だった高校生活を送るため
変装していた花恋だったが、ついにその正体が
バレてしまった。

「いい加減わかってくれ。
俺はお前以外に、大事なものなんかない」

花恋の、恋の行方は――。

そして、極上男子たちの想いは花恋に届くのか……。

「私にもあなたを、守らせてください」
「絶対にお前から奪ってやるからな……！」

元人気No.１アイドルをめぐる恋のバトル、決着！

「……もう、俺のもんだ」

超王道×超溺愛×超逆ハー！
＼御曹司だらけの学園で、秘密のドキドキ溺愛生活／

極上男子は、6 地味子を奪いたい。
〜溺愛総長は、永遠に地味子を離さない〜

同一人物

登場人物紹介

地味子に変装中の花恋の姿

伝説のアイドル"カレン"の姿

1年

一ノ瀬 花恋（いちのせ かれん）

元トップアイドルの美少女

1万年にひとりの逸材と言われた元トップアイドル。電撃引退をしたが、世間では今も復帰を望む声が相次いでいる。正体がバレないように地味子に変装して"普通の学園生活"を送ろうとするけれど…？

あらすじ

元アイドルであることを隠して過ごしている花恋だけど、副総長の仁斗にアイドルの"カレン"だと気づいていたことを知らされて驚く。次々に正体がバレてしまう中、季節は文化祭シーズンに。演劇で王子役を演じる陸に指名され、花恋はシンデレラ役に抜擢。そこで大事件が起き、花恋は本当の姿を全生徒に晒されてしまい…!? マスコミに知られてしまったため、花恋は記者会見を開くことに。天聖に迷惑をかけないために彼との熱愛報道も否定しようとするけれど、天聖は「カレンは婚約者だ」と宣言して——？

圧倒的な存在感を
放つ気高き総長

花恋の正体を
唯一知っている

2年
長王院 天聖
（ちょうおういん てんせい）

LOSTの総長でシリウス（全学年の総合首席者）。学園内でずば抜けて人気がある国宝級イケメン。旧財閥である長王院グループのひとり息子だが、LSに所属している。花恋とは昔出会ったことがあるようで…？

1年
守堂 蛍
（うどう ほたる）

LOSTメンバーで花恋のクラスメイト。成績優秀で生徒会に勧誘されたが辞退して関西弁で関西弁に通ったこともある。

1年
月下 響
（つきした ひびき）

LOSTメンバーで花恋のクラスメイト。勉強嫌いで関西弁。カレンの大ファンでカレンのことを天使だと絶賛している。

2年
椿 仁斗
（つばき じんと）

LOSTの副総長。落ち着いていて頼りがいのある兄貴分。いつもは包容力に溢れているが、じつは……。

2年
榊 大河
（さかき たいが）

LOST幹部メンバー。真面目な美男子。とある理由から女性嫌い。完全無欠だが、ある秘密を抱えている。

2年
泉 充希
（いずみ みつき）

LOST幹部メンバー。成績が良く、頭の回転も早い天才型。ただし気分屋で、人付き合いが苦手。喧嘩っ早い。

First Star

生徒会役員
通称 FS

女嫌いで冷酷な生徒会長

2年

久世城 正道
（く ぜ しろ まさ みち）

生徒会長。表では文武両道の完璧美男子だが、本性は腹黒い。カレンの大ファンで、カレンも認知しているほどライブや握手会に足繁くかよっていた。天聖にシリウスの座を取られたことを恨んでいる。

2年

水瀬 伊波
（みな せ い なみ）

生徒会副会長。生徒会で唯一優しい性格をしているが、正道の命令には逆らえない。カレンのファンだが、正道がいる手前公言はしていない。

1年

京条 陸
（きょうじょう りく）

生徒会役員で花恋のクラスメイト。比較的優しいほうだが、自分の利益を優先して動く。カレンのファンだが、手の届かない存在だと思っている。

2年

武蔵 誠
（む さし まこと）

生徒会役員で、花恋には"まこ先輩"と呼ばれている。冷たいキャラを偽っていたけれど、素直じゃないだけで優しい性格。花恋に救われてから懐いている。

2年

羽白 錫世
（は しろ ろく さ ）

生徒会役員。根暗な自分は生徒に馴染めないと悩んでいるが、じつはどんなスポーツも超人的に得意。カレンのことが大好きで、密かにずっと応援していた。

星ノ望学園の階級制度

First Star ファースト スター 通称 **FS** エフエス

生徒会の役員だけに授与される称号。生徒会に
入るには素行の良さと成績が重視され、学年の
中でも数少ない成績上位者だけに与えられる。
生徒会は表面上では華やかで人気があるが、生
徒会長・正道の権力の強さは圧倒的で、裏では
ほぼ独裁的な組織運営となっている。

Lost Star ロスト スター 通称 **LS** エルエス

暴走族LOSTのメンバーだけに授与される称号。
生徒会入りを拒否した者は強制的にLOSTのメン
バーになる。総長・天聖はグループを束ねること
はしないが、持ち前のカリスマ性で自然とメン
バーを統率。唯一、FSに対抗できる組織であ
り、生徒会の独裁的な運営を裏で抑圧している。

Normal Star ノーマル スター 通称 **NS** エヌエス

一般生徒のこと。学園内のほとんどの生徒が
この階級に属する。 品行方正なFS派か、派
手で目立つLS派かで生徒間では派閥がある。

Sirius シリウス

全学年の総合首席者に授与される称号。学業と
身体運動の成績を合わせた実力のみで選定され
る。今年は学園創設以来初めて、FSではなく
LSの天聖がシリウスに選ばれた。シリウスは
ひとつだけ願いを叶えてもらえる "命令制度"
を使う権限をもち、その命令には生徒はもちろ
ん教師さえも逆らうことはできない。

☆ contents

30th STAR 極上男子と地味子

番外編1　2年生になりました

番外編2　ハッピーバレンタイン

26th STAR
大切な人たち

あなたのそばに

「カレンは長王院グループの御曹司の恋人であり——婚約者だ」

　はっきりと、そう言い切った天聖さん。

　私はわけがわからず、ただ呆然と天聖さんを見つめた。

　会見会場に、カメラのシャッター音とフラッシュが飛び交う。

　天聖さんは少しもひるまず堂々とした佇まいで、説明を続けた。

「出会ったのも、婚約したのも引退した後だ。現役活動中に交際していた事実はない。これ以降デマを流したマスコミは長王院グループの全権力をもって訴える」

　ごくりと、息を飲む音があちこちから聞こえた。

　それほど、長王院グループの威力はすさまじいものなのだと気づく。

「会見は終わりだ」

　天聖さんはそう言った後、私のほうを見た。

　えっ……。

　私の手を掴み、歩き出した天聖さん。

「天聖さっ……」

「行くぞ」

　まるで私を連れ去るように、天聖さんは会場を出た。

　状況が理解できていないパニック状態の私はされるがま

まで、気づけば控え室に連れてこられていた。

　ふたりきりになって、ようやく我に返る。

「天聖さん……ど、どうしてっ……」

　聞きたいことがありすぎて、わからないことが多すぎて、何から言えばいいかわからない。

　どうしてこの会場に入れたのか、どうして来たのか、どうして──あんな発言をしたのか。

　あんなことを言ったら……ますますマスコミの餌食になってしまう。

　私だけならいいけど、天聖さんまで追われることになってしまう。

　守り、たかったのに……。

「諦めるって言ったのに……こんな、勝手なこと──」

「勝手なのはお前だ」

　私の声を遮るように、そう言った天聖さん。

　その表情には、さっきまでなかった不安や悔しさが滲んで見えた。

　大勢の前で堂々としていた天聖さんが……どうして今、そんなに苦しそうな顔をしているの……？

「黙って俺の前から消えようとするな……」

　……っ。

　天聖さんはこれまでに聞いたことのないような切ない声で囁いた。

　そのまま、腕を引かれて抱きしめられる。

　久しぶりに感じる、天聖さんの温もり。

　こらえていた涙が溢れ出して、止まらなかった。

　もう、会えないと思ってたのに……。

　私は今、天聖さんに抱きしめられているんだ……っ。

　やっぱり……天聖さんの腕の中は、安心する。

「お前がいなくなると思うと、怖かった。……こんなに怖いと思ったのは、初めてだ」

　耳元でそっと囁かれた声は、少し震えていた。

　初めて、自分の行動が独りよがりだったことに気づいた。

　勝手にいなくなって、一方的にさよならを言って……私は、最低だった。天聖さんをこんなに不安にさせているなんて、気づかなかった。

　私を抱きしめる腕に力が込められていて、苦しい。

　でも、天聖さんの心はもっと苦しかったはずだ。

「……ごめん、なさい……」

　自然と口にしていたその言葉。

「謝らなくていい。お前の気持ちは、全員わかってる」

　全員って……他のみんなも……？

「でも……俺のことは守ろうとしなくていい」

　そっと抱きしめる腕を解いて、私を見つめた天聖さん。

「俺はそんなに弱くない」

　その言葉に、何も言い返せなかった。

　天聖さんが肉体的にも精神的にも誰よりも強いことは、十分わかっていたから。

「お前が俺を守りたいと思ってくれたように、俺だってお前を守りたいんだ」

　天聖さんの気持ちは嬉しい。

　でも……。

「天聖さんに、迷惑が……」

「お前にならいくらでもかけられていい」

　私の考えなんてお見通しみたいに、私より先に言い切った天聖さん。

「まず、迷惑なんか思わないって言ってるだろ」

「……」

「いい加減わかってくれ。……俺はお前以外に、大事なものなんかない」

　必死に訴えかけるような言い方に、胸が締め付けられた。

「お前がいてくれるなら、何があっても幸せでいられる」

　涙が止まらなくて、視界が滲む。

「頼むから、離れていくな……」

　ぎゅっと、さっき以上に強い力で抱きしめられた。

　いいのかな……。

　この人の想いにこたえても……。

　きっと、これからもたくさん迷惑をかけてしまう。

　天聖さんの人生に、悪影響を及ぼしてしまう可能性だって……否定できない。

　天聖さんのためを思うなら、離れるほうがいいと思う。

　一度は、その覚悟もしたんだ。

　で、も……私は……。

　──天聖さんと、一緒にいたいっ……。

　いつだって私を守ってくれた人。何も求めず、悲しい時

は、ただずっとそばにいてくれた。辛い時は、真っ先に助けにきてくれた。

　天聖さんが、命令制度を発令してくれた日のことを思い出す。

『花恋に対する、いっさいの悪事を禁止する』

『大丈夫だ。もう何も心配するな』

　あの日から、きっと——天聖さんは私のヒーローで、大好きな人だった。

　守ってもらってばかりだったけど、私だって、天聖さんのことを支えられる人になりたい。

　精一杯頑張るから……。だから、欲ばりになっても、いい、かな……。

「私も……」

　そっと手を伸ばして、恐る恐る天聖さんの背中に手をまわした。

「離れたく、ないです……」

　ずっと押し殺していた本音が、口をついた。

「……やっと言ったな」

　天聖さんの、嬉しそうな声が耳元で聞こえた。

「離さないって言っただろ。……もう、何も心配するな」

「けど、あの会見でまたマスコミが……」

「すべて手は回した。花恋のことがマスコミに流れることはもうない」

「え？」

　手を回したって……ど、どういうことっ……？

　それに、あれだけ騒動になっていたのに、マスコミには流れないって……そんなことあるのかな……？

「追われることもないだろう。残るのは会見の映像だけだ」

　そう言って、にやりと口角を上げた天聖さん。

「ああ、婚約の件は流れるな」

　そ、そうだった……！

　婚約って……ど、どういうことなんだろう……！

「そ、その、婚約っていうのも……！」

「俺の両親には許可を得てる。あとは、花恋の両親に頼むだけだ」

　ええっ……！

　天聖さんのご両親、どうして許可してくれたんだろうっ……。

「あの……こ、婚約って、早くないですか……？」

　私たちは、付き合っていたわけでもなかったんだ。

　恋人を通り越して、いきなり婚約者なんて……あ、頭が追いつかないっ……。

「離す気はないって言っただろ。そんな短期間の口約束じゃない。……俺は一生お前と一緒にいたい」

　まっすぐ私を見つめながら、そう言ってきた天聖さん。

　一生や永遠なんて言葉は、簡単に使っちゃいけないって思ってた。

　でも……天聖さんが冗談を言っているようにも、その覚悟がないようにも見えない。

　それに……天聖さんはそういうことを、軽々と口にはし

ない人だ。

「今度、花恋の家族に挨拶に行っていいか？」

「……本当に私で、いいんですか？」

「何度も言った。お前以外は、いらない」

　本当に、本気で私といたいって言ってくれているなら……。

　私は、こくりと頷いた。

　私の反応に、天聖さんが嬉しそうに微笑む。

　自分の判断が正しかったのかわからないし、天聖さんにとって私がそばにいることが、いいことなのかも正直わからない。

　わがままな決断だったかもしれないと思うけど……もう、自分の気持ちを抑えきれそうになかった。

　これからは、離れることを考えるんじゃなくて……ずっと一緒にいられる努力をしよう。

　天聖さんがそばにいてくれるなら……きっとなんでも、頑張れる気がした。

「……花恋」

　天聖さんの優しい声に、名前を呼ばれる。

　そっと視線を返すと、頬に手を重ねられた。

　何をされるのかわかって恥ずかしくなったけれど、拒む理由なんてなくて、そっと目をつむった時だった。

　——ガチャッ！

「花恋！　終わったわよ……って、あら」

　勢いよく扉が開く音とともに、入ってきた社長。

　私はすぐに目を開けて、扉のほうを見た。

「あ……」

「ごめんなさい、邪魔しちゃったかしら？」

「じゃ、邪魔じゃないです……！」

　しゃ、社長に、見られたっ……！　まだ触れてはなかったけど……それでも、社長にそういうところを見られるのが一番恥ずかしい。

　穴があったら、入りたいっ……。

「会見は無事に終わったから、心配しなくていいわよ」

　社長の言葉に少しだけ安心する。

　でも……私が急に退席したから、混乱しただろうな……。

「社長、ごめんなさい……」

「もう、花恋はいつも謝ってばかりね」

　ふふっと、笑った社長。

「円満にまとめたから平気よ。そこの彼も、いろいろと手を回してくれたみたいだしね」

　さっきも天聖さんが、マスコミに手を回したって言ってたけど……な、何をしてくれたんだろうっ……？

　マスコミを黙らせちゃうなんて、そ、そんなことできるのかなっ……。

　天聖さんは、いつも規格外なことをやってしまう人だっ……。

「花恋」

　社長に名前を呼ばれて視線を向けると、優しい眼差しを向けられていることに気づいた。

　私を見て、ふっと微笑んだ社長。

「あなたはあなたの生きたいように生きなさい」

「……」

　社長……。

　私のことを、ずっと見守ってくれていた家族のような人。

　その社長からの言葉に、心が軽くなった。

「ちょっとくらい、自分勝手になっていいのよ」

「……っ、はい……」

　最近、泣いてばっかりだ……。

　でも、これは今までの涙とは違う、うれし涙だから。

「あなた、どれだけ仕事が辛くても泣かなかったのに、こんなことで泣くのね」

　社長が私を見て笑っている。

　そ、そうだったかな……あはは。

　私もつい笑ってしまって、天聖さんもそんな私を見て微笑んでいた。

　久しぶりに、心の底から笑えた気がした。

願いごと

【side 社長】

　控え室に高御堂（たかみどう）も現れて、4人で少し今後の話をした。

　学校の話もして、一旦退学という選択は考え直しなさいと花恋を説得した。

　花恋は私たちの話を受けいれてくれて、数日間はマスコミに警戒して学校は休むけれど、来週からまた学校に通うということになった。

「もし、他の生徒を巻き込むような混乱が続けば……やっぱり、退学という選択肢をとろうと思います……」

　なんて言っている花恋に対して、隣の彼が「その心配はない」とずいぶん自信ありげな口調で言っている。

　一体、長王院グループがどう動いているのかはわからないけど……まあ、問題はなさそうね。

　今は、彼のことを信じてゆだねるわ。

「お世話になりました、社長」

　花恋もマンションに帰ることになり、彼が車を用意してくれて、裏口から見送る。

「ご迷惑をおかけしました」

　あら……。

　そう言って、深々と頭を下げた彼に驚く。

「あなた敬語は使えるのね」

　さっき、あんな大勢の記者の前でも不遜な態度だったし、敬語を使う気もないようだったから……礼儀をわきまえないお坊ちゃんだと思っていたわ。

「敬える相手には」

　どうやら彼なりに、会見ではマスコミを牽制のつもりで喋っていたみたい。

　確かに……あそこで隙を見せたら格好の餌食になったと思う。

　天下の長王院グループ直々の忠告は、十分効いたでしょうね。

　長王院グループを敵に回したら、どこの企業もやっていけないでしょうから。

　それに、長王院グループに喧嘩を売るような無謀な記者もいないはず。

「こちらこそ、花恋をよろしく」

「はい。必ず守ります」

　もう一度、頭を下げた彼。

　どうなることかと思ったけど……花恋にいいパートナーが見つかって、よかったわ。

　満面の笑みで手を振りながら、去っていった花恋。

　控え室に、高御堂とふたりになった。

「長王院グループの御曹司……」

　ぼそっと、呟いた高御堂。

「花恋を任せるには十分な相手ね」

　きっと彼なら、花恋を守ってくれるはず。

　度胸もありそうだし……花恋の恋人として不足はない。

　そう思った時、ハッと我に返った。

　いけないわ……わたしとしたことが……。

「……ごめんなさい、失恋したあんたを前にこんなこと言っちゃって」

「ぐっ……」

　わたしの言葉に、高御堂が悔しそうに歯を食いしばっていた。

　高御堂はずっと花恋に想いを寄せていたから……こんなに早く恋人ができるなんて思ってもいなかったでしょうね。

　今まで花恋がスクープなしのクリーンを貫いてきたからこそ、恋愛ごとには疎いとたかをくくっていたのかもしれない。

「あんたのアタックが足りなかったのよ」

　あんなに可愛くていい子、どこを探してもいないでしょうから……競争率は高いに決まってるじゃない。

　わたしが高御堂だったら、引退した後にすぐアタックしてたわ。

「お、俺は別に、花恋のことは可愛い妹のように思ってるだけで……」

　そんな言い訳をしながら、ぐったりとうなだれている高御堂。

「そうそう、お兄ちゃんとしか思われていないからどうにもできなかったのよね」

「ぐっ……」

　哀れね……。

「……でも、これからも花恋を見守る立場なのは変わりま
せん」

　悔しそうにしながらも、高御堂の表情から覚悟がうかが
えた。

「そうね。ずっと、わたしたちが見守ってあげましょう」

　花恋はいつまでも……わたしたちにとって、大切な家族
なんだから。

　……誰よりも幸せになるのよ、花恋。

両想い

　社長たちと別れて、天聖さんが用意してくれた車でマンションに帰る。

　途中、仮事務所にも止まってもらった。天聖さんには車で待っていてもらって、荷物をまとめて車に戻る。

「お待たせしました……！」

　車が発進した後、天聖さんが私にスマホの画面を向けた。

「花恋、会見の続き、見るか？」

　え……。

　生中継されていた会見の録画か、私と天聖さんが去った後の映像が映っていた。

「見ても、いいですか？」

「ああ」

　天聖さんはもう見たのか、何やらふっと微笑んでいる。

　怖い……けど、あの後のことは気になるし、私は見なきゃいけないよね……。

　ごくりと息を飲んでから、再生ボタンに触れた。

『どういうことなんだっ……！』

『やっぱり、熱愛の噂は本当だったんだ……！』

『ただの恋人じゃなく、婚約者だって……！』

　会場の記者さんたちが、さまざまな声を上げている。

『皆様、落ち着いてください』

　混乱を収めるように、社長がマイクを持った。

『カレンが現役中に恋愛をしたという事実は一切ございません』

　堂々と前を見て、はっきりと言い切ってくれた社長の姿に、またごくりと息を飲んだ。

『彼女は誰よりもプロ意識が高く、ファンのためにアイドル活動に専念してきました』

　社長……。

『そのことは、現役中に彼女を追っていたここにいる記者の皆様が、一番ご存知だと思います』

『……』

　さっきまで騒ぎ立てていた記者の人たちが、一斉に静かになった。

『ですので、私たちも先日のような記事が出たことに憤慨しており、今後プライバシーに関する記事や名誉を棄損する記事等が掲載された場合には、一般私人への権利侵害行為として、しかるべき法的措置をとらせていただきます』

　静まり返った会見会場。

　社長はいつだって頼もしいけど、こんなにも大きく見えたのは初めてだった。

『彼女はもう一般人であり、アイドルではありません。どうか……青春時代をアイドルとして国民に捧げたカレンが、普通の幸せを手にすることを……許していただけませんか』

「……っ」

　いろんな感情がこみ上げてきて、下唇を噛んだ。

　私のために頭を下げてくれた社長の姿が、涙で歪（ゆが）んで見える。

『本日はお集まりいただき、ありがとうございました。会見は以上で終了とさせていただきます』

　映像はそこで終わって、私は手で顔を隠すように覆（おお）った。

　溢れてくる涙をこらえるように。

「近くに頼りになる人がいて、よかったな」

　天聖さんはそう言って、私の頭を撫（な）でてくれた。

「は、いっ……」

　私の周りには……頼もしい人ばかりだ。

　社長も、高御堂も、天聖さんも……。

　私もいつか……みんなを守れるような人になりたいな。

　マンションに着いて、ふたりでそっと最上階に上がる。

　エレーベーターを降りて、ほっと息を吐いた。

　ここまでくれば安心……。

　それにしても、なんだか変な感じだなぁ……。

「久しぶりに帰ってきた気がします……」

　数日空けただけなのに、1ヶ月ぶりくらいに感じる。

　この数日間は、怒涛（どとう）のような日々だったからかな……。

「お前がいない時間は、俺も長く感じた。……花恋に会えないのは辛かった」

　天聖さんはきっと思ったことははっきりと口にしてくれる人だ。

　こっちが不安に思う隙も与えないくらい。

　こうして素直に気持ちを伝えてくれるのは……その……すごく、嬉しい。

　愛されているんだって、実感、する……。

　そう思って、恥ずかしくなった。

「……私もです」

　私も、今までたくさん待たせた分素直になりたくて、そう返した。

　天聖さんが、ごくりと喉を鳴らしたのがわかる。

「……あんまり可愛いことを言うな」

　えっ……か、可愛いこと？

　そ、そんなこと言ってないのにっ……。

　やっぱり、天聖さんの可愛いの基準はおかしいよっ……。

　一気に恥ずかしさがこみ上げてきて、視線を下げる。

　う……きっと顔が真っ赤になってるに違いない……み、見られたくないっ……。

「それじゃあ、また……」

　一旦、家に帰ろうと、逃げるように天聖さんに背を向けた。

　けれど、すぐにガシリと腕を掴まれてしまう。

「……帰すわけないだろ」

　天聖さんはそう言って、私の手を引っ張った。

　あっさりと天聖さんの家に連れ込まれてしまって、玄関で壁に押し付けられてしまう。

「花恋」

　天聖さんが、私の名前を呼びながら至近距離で見つめて

きた。

「電話で言ったことは、本当か？」

「……っ」

　それって……。

『俺を……俺と同じ意味で、好きになったか？』

『それだけ答えろ。答えてくれたら……諦める』

『……好き、です』

　ぜ、絶対、あの時の告白のこと、だよね……。

　ど、どうしよう……あの時は追い込まれていて、つい言ってしまったけど……本人を目の前にすると、恥ずかしくて言えないっ……。

　何も答えない私をじれったく思ったのか、天聖さんがぐいっとさらに顔を近づけてくる。

「頼む、答えてくれ」

　天聖さんのかすれた声に、心臓が痛いくらい高鳴った。

「あ、あの……」

　待って……まだ、心の準備が……。

「早く。……もう待てない」

　余裕のない声に、また心臓が跳ね上がる。

　そう、だよね……。

　もう、たくさん待たせてしまったはず……。

　私はいつも、天聖さんに与えられてばかりだから……。

「天聖さんが……好き、です」

　──私も、これからは同じくらい、愛を返したいっ……。

「その言葉だけが聞きたかった」

　天聖さんは……見たこともないくらい、嬉しそうな顔で笑った。

　きゅんっと、胸が音を鳴らす。

　私が好きだって言うだけで、こんなにも喜んでくれるなんて思わなかった。

　冷静でいつもクールな天聖さんだからこそ、私まで嬉しくなってしまう。

　両想いって……こんなに幸せなんだ……。

「……もう、俺のもんだ」

　天聖さんはそっと囁いて、唇を近づけてきた。

「俺も、全部お前のものだ」

　あ……。

　何をされるのかわかって、目をつむる。

　さっきできなかった……甘いキスが降ってきた。

恋人

【side 天聖】

「天聖さんが……好き、です」

　好きな相手に好きだと言われることが、こんなにも幸せなことだと知らなかった。

　俺は今、死ぬほど浮かれている。

　顔はだらしなくゆるんでいるし、心臓はバカみたいに高鳴ってる。

　これは夢かと、疑いたくなるほど動揺もしていた。

「その言葉だけが聞きたかった」

　本当に、それだけを求めてた。

　花恋を好きになってから、ずっと。

「……もう、俺のもんだ」

　お前を幸せにするのは、俺だけの権利であってほしい。

　そっと、花恋を見つめる。

　恥ずかしそうに見つめ返してくる姿が可愛すぎて、もう我慢できなかった。

「俺も、全部お前のものだ」

　そんなこと、言わなくても花恋を好きになった時から身も心も全部捧げているけど。

　これからの人生、お前のために生きたっていい。

　そう思えるほど、愛しくて仕方ない。

　俺はそっと、花恋にキスをした。

　花恋が俺を受け入れてくれるまで手は出さないと決めていたのに、熱を出した時も、大河に嫉妬した時もキスをして、花恋を怯えさせてしまった。

　こんなふうに、罪悪感なく触れられるのは初めてだ。

　すぐに離れようと思っていたのに、欲が出てキスを深めていく。

　会えない期間を過ごしたからか、触れられる距離に花恋がいるというだけで心の奥底から感情が溢れだした。

　もう……離さない。

　こいつは目を離せば勝手にどこかへ行ってしまいそうだから……一番近くで、ずっとこの手を握っていたい。

「んっ……」

　花恋が苦しそうに身をよじって、我に返る。

　気持ちが通じて、早々にこんなふうに迫って……自制の効かない男だと思われたかもしれない。もう少し冷静でいたいが、花恋を前にするとどうにも感情的になってしまう。

　ただでさえ抑えがきかなかったのに……恋人になった今、もう理性がコントロールできなくなりそうだ。

　唇を離すのが惜しくて、最後に触れるだけのキスをしてから離れた。

　花恋は呼吸を整えるように息を吸っていて、そんな姿すら愛おしい。

「悪い」

　そう言えば、首を横に振ってくれた。

　花恋は、基本的に無理だとか、拒否をしない。

　こんなふうになんでも許されたら、ますます自制が働かなくなりそうだ。

　浮かれすぎだな……。

「花恋、もう1回言ってくれ」

「……っ」

　ねだるようにそう言えば、花恋が目を逸らしてきた。

「は、恥ずかしいです……」

　いつも思うが、恥ずかしがり方が可愛すぎる。

　そんなふうに顔を赤くしながら目を逸らして……食ってくれって言っているようなもんだ。

　……いや、花恋にそんなつもりがないことはわかってる。俺が勝手に誘惑されているだけ。

「わ、私が言ったら、天聖さんも言ってくれますか……？」

　……なんだ、それ……。

　まるで、言ってほしいとでもいうように、俺をじっと見つめてくる花恋。

　可愛すぎて、めまいがする。

「……っ、何回でも言ってやる」

　お前が望むなら、何十回だって何百回だって……。

　俺の言葉も声も、お前だけのためにあるから。

　花恋のやわらかい頬に、手を添えた。

「好きだ」

　見つめながらそう言えば、花恋が照れくそうに、でも嬉しそうに笑った。

　……こいつ、どこまで可愛ければ気がすむんだろう。

「お前のためならなんだってしてやる。そのくらい好きだ」

　この膨大（ぼうだい）な感情がどうすれば伝わるのかと考えたが、花恋が知ったら怯えてしまうかもしれない。

　今はまだ……花恋のペースでゆっくりと愛したい。

「私も……好き、です」

　花恋の言葉に、心臓がバカみたいに跳ね上がった。

「これから……天聖さんにふさわしい人になれるように、頑張ります……」

「誰がどう見ても、俺のほうが花恋に釣り合ってない。努力するのは俺のほうだ」

　引退した後も、少し姿を見せただけで大騒動になるくらい人気な奴だ。

　それだけ国民が執着（しゅうちゃく）していて、誰もが手に入れたいと切望（せつぼう）する相手。

　恋人ができたからと言って、花恋を好きな連中は少しも諦めないだろう。

　だとしても……俺は誰にも負けない。

「お前に好きで居続けてもらうためなら、どんなことでもする」

　俺は花恋を、強く抱きしめた。

「今日はもう、俺から離れるな」

　会えなかったぶんを補うように、強く抱きしめて花恋を感じる。

「私も……離れたくないです」

　花恋も抱きしめ返してくれるとは思わず、喉もとが波を

打った。

「天聖さんと離れているの、すごく辛かったです」

「……」

「天聖さん……？」

　何も言わない俺を不思議に思ったのか、花恋が不安そうに見つめてくる。

「可愛いことを言う時は、事前に予告してから発言してくれ」

「へっ……？」

「俺の心臓が持ちそうにない」

　冗談抜きで、可愛すぎて息が止まった。

　花恋に翻弄されるのは本望だが、情けないところは見せたくない。

　こんな骨抜きになっていたら……呆れられそうだ。

「余裕がないところばかり見せて悪い。今日はいろいろ……コントロールできそうにないんだ」

　この可愛さに慣れる日が来るとも思えないが、もう少し耐性をつけなければいけないと思った。

　あんな可愛いことを日常的に言われたら、たとえ人目があろうと衝動的に抱きしめてしまいそうだ。

「どんな天聖さんでもかっこいいです」

「……」

　俺が我慢しているとも知らずに、追い打ちをかけるようにそう言ってくる花恋。

「なあ……」

　もう、無理だ。

　俺は、衝動のままに唇を押し付けた。

　触れるだけでこらえたが、花恋は驚いたようにぽかんと
している。

「これからは……許可はいらないか？」

　そう聞けば、顔を赤くした花恋。

　……可愛い。

　黙り込んだ後、恥ずかしそうにこくりとうなずいてくれ
た。

「そうか……」

　よかった……。

「なら、覚悟しておいてくれ」

「え？」

「今まで我慢してたぶん、もう俺のタガは外れた」

　とりあえず、先に玄関から移動しようと花恋を抱きかか
える。

　リビングに入って、花恋をソファに下ろした。

　その上に、覆いかぶさるようにして顔を近づける。

「ちょっと待っ……」

「無理だ」

　今日はもう、受け入れてくれ。

　やっと——愛しくてたまらない相手が、手に入ったんだ
からな。

☆
☆
☆
☆

27th STAR

学園生活、再び

大好きな人

　よ、世の中の恋人は、みんなこんなことをしているのかなっ……。

　天聖さんに何度もキスをされたり、撫でられたり……たくさん触れられて、私はゆでダコのようになっていた。

　誰かと付き合ったこともないし、恋愛ドラマにメイン出演した経験もないから……恋愛ごとにはうとかったんだ。

　世間の恋人がどんなふうにして過ごしているのかはわからないけど……て、天聖さんは、甘すぎると思う……。

　もうこれ以上は、心臓が持ちそうにないっ……。

　天聖さんが出前を頼んでくれて、ふたりでご飯を食べた。

　私たちは会えなかった時間を埋めるように、たくさん話をした。

「今度、俺の家に来てくれるか？」

「えっ……」

　突然の申し出に、思わずお箸を持つ手を下ろした。

　て、天聖さんの、ご実家……!?

「親が連れて来いってしつこいんだ」

　鬱陶しそうに、ため息をついた天聖さん。

　つ、連れてこいって……そ、それは、見定めるとかそういうことかなっ……。

　ど、どうしよう……天聖さんのご両親、勝手なイメージだけど厳しそうだから……ちょっと怖いっ……。

　私も記事のこともあるし、直接謝らせてもらいたいとは思っていたけど……あ、あなたなんて認めませんって言われないかな……。

　今の自分が天聖さんに釣り合っている自信がないから、なおさら不安になった。

「嫌なら無理しなくていい。別に無視すればいいからな」

　私が黙り込んだからか、そう言って気を使ってくれた天聖さん。

「い、嫌なわけじゃないんです……ただ……天聖さんのご両親に好かれる自信がなくて……」

　好きな人のご両親だから、できることなら好かれたいし、いい関係を築きたい。

「心配するな。俺の母親はお前のファンだ」

「へっ……!?」

　衝撃的な発言に、目をぎょっと見開いた。

「目の保養なんだと」

「ほ、ほんとですかっ……?」

　そんな都合のいい話があるのかなっ……。

　も、もちろん、本当ならすごく嬉しいけど……。

「ああ。週刊誌に記事が出た時、俺が連絡するよりも先に向こうから連絡してきた」

　そ、そうだったんだ……。

「婚約の件も、ふたつ返事で了承された」

　天聖さんのご両親のイメージが、がらりと変わった。

「父親も母親に甘いから、喜んで受け入れられたな」

「少しだけ……安心しました」

　今現在、嫌われているわけではないとわかって、ほっと息を吐く。

　不安はあるけど……ご両親が会いたいって言ってくださってるなら……私も、会いたい……。

「ぜ、ぜひ、ご挨拶させてください……」

　私の返事に、天聖さんは「ありがとう」と言って頭を撫でてくれた。

「別に無視してよかったんだが、お前も会ってみたほうが気が楽になるんじゃないかと思ったんだ」

　気が楽になるって……ほ、ほんとに、どんなご両親なんだろう。

　不安より、興味が勝り始めた。

「気に入っていただけるように、頑張ります」

「頑張らなくても気に入られてるから安心しろ。俺も、お前の両親に挨拶に行かせてくれ」

　天聖さんはそう言って、顔をしかめた。

「勝手なことをしたからな……」

　婚約発表をしたことに、罪悪感をもっているのかもしれない。

　そんな心配は必要ないのにっ……。

「ぜひ、うちに遊びにきてください……！」

　私の両親も、きっと天聖さんのことは気に入るはずだ。

　なんだか、想像するだけでちょっとわくわくしてきた。

　大好きな人を……大好きな人たちに紹介できるって、幸

せだな……。

　ご飯を食べ終わって、何をするわけでもなくふたりで
ゆっくりしていた。

　ソファに座りながら話したり、天聖さんがいれてくれた
ホットミルクを飲んだり……なんでもない時間が、すごく
幸せに感じた。

　好きな人と一緒にいる時間が、こんなにも満たされるも
のなんて……知らなかった。

　でも……そろそろ帰らなきゃいけない時間だ。

　8時を過ぎているし、天聖さんも今日は疲れただろうか
らお風呂に入ってゆっくり寝たいはず。

　家は隣だからすぐに帰れるとはいえ、これ以上長居し
ちゃいけないよね。

　寂しさをぐっとこらえて、「帰ります」と言おうとした時、
私より先に天聖さんが口を開いた。

「花恋、今日は泊まっていけ」

　えっ……。

「……嫌か？」

　い、嫌なわけない。

　だけど……。

「天聖さん、疲れてますよね……？」

　今日はいろんなことがあったから、ひとりでゆっくり
休みたいはず。私がいたら、疲れもとれないんじゃない
かな……？

「そうだな」

　天聖さんはそう言って、私を見つめた。

「疲れたから、花恋に癒されたい」

　ドキッと、心臓が大きく高鳴る。

「私も……天聖さんと一緒にいたいです……！」

　また一緒にいられると思うと、それだけで嬉しくて浮かれてしまいそう。

「今日は帰るな」

「はいっ……」

　断る理由もなくなって、笑顔で頷いた。

　一旦自分の家でお風呂に入ってから、天聖さんの家に戻った。

　天聖さんもお風呂を済ませたのか、出迎えてくれた天聖さんの髪が濡れていた。

　わっ……み、水も滴るいい男って……こ、こういうことかな……。

　首にかけたタオルで頭を拭いている天聖さんが、なんだか色っぽく見えてしまって、思わず視線を逸らした。

「もう寝るか？」

「はい、そろそろ……あっ」

　寝る前に、しなきゃいけないことを思い出した……！

　すっかり忘れてしまっていたけど、まだスマホの電源を落としたままだっ……。

　みんなから連絡が来ているかもしれないし、たくさん心配をかけたからせめて無事だと伝えておかないと。

　カバンの中から、久しぶりに見るスマホを取り出した。

「スマホ……電源を入れるのが怖いです……」

「入れなくていいだろ」

　スマホとにらめっこしている私を見ながら、天聖さんがさらりとそう言う。

「連絡が来ているかもしれないので……い、入れます」

　意を決して、電源ボタンを長押しした。

　スマホの画面がつくとほぼ同時に、大量の通知が流れ出した。

「わっ……み、みんなから山のようにメッセージが……」

　連絡用のSNSを見ると、なんと通知の数が100の桁になっていた。

　私は学校の友達と親戚と、あとは事務所の関係者の人しか連絡先に追加していないから、これはすごい数だ。

　順番に開いていくと、私が連絡を絶った後から、会見の後にくれていたメッセージまで、内容はさまざまだった。

【響くん：花恋、今どこおるん？　心配やからメッセージ見たら連絡してほしい】

【蛍くん：俺たちに何かできることあるか？】

　響くん、蛍くん……。

【陸くん：会長たちから聞いた。退学なんてしないで花恋】

【仁さん：俺たちがなんとかするから、心配しないでね】

【大河さん：お前には俺たちがついている】

【充希さん：マスコミも学校の奴らも俺が黙らせてやるから、学校来いよ！】

【まこ先輩：あんたがいなくなったら、あたしだって学校やめてやるからね】

じわりと、また涙が滲む。

今日の私の涙腺は、ゆるゆるだ。

【絹世くん：婚約ってどういうこと!?　ま、どうせ長王院くんの嘘だよね】

【正道くん：長王院のバカが嘘をでっち上げていたけど、僕は信じてないからね！】

会見が終わった後、似たようなメッセージがたくさんきていた。

……み、みんな、婚約っていうのは天聖さんがついた嘘だと思ってるみたい……あはは。

私は……わかっているようで、全然わかっていなかった。

こんなにも頼もしい友達が、たくさんいたことに。

ごしごしと、涙を拭う。

みんなに……大丈夫だよって連絡しなきゃ……！

で、でも、何から返事をすればいいんだろうっ……。

メッセージの量が膨大すぎて、全部には返信しきれなさそう。

考えた末、とりあえずグループのほうに連絡を入れることにした。

LOSTのグループと、生徒会のグループがあるから、それぞれに文章を送る。

すぐに既読がついて、みんなからも返事が届いた。

【無事でよかった】【学校で待ってるから】と言った優し

いメッセージばかりで、笑みが溢れた。

　ありがとう……みんな。

「……終わったか？」

　天聖さんが、私の肩に頭を預けてきた。

「そろそろ俺も構ってくれ」

　えっ……。

　あまりに可愛い行動とセリフに、胸がきゅんと高鳴る。

　天聖さんはもしかしたら……ちょっと甘えん坊な一面も

あるのかもしれない、ふふっ。

　私はスマホを置いて、天聖さんに身を寄せた。

　それから、数日が経った。

　私は様子見の期間もかねて学校を休み、ずっと家にいた。

　天聖さんも学校を休むと言ってくれたけど、私が原因で

天聖さんが欠席するのは嫌だったから、なんとか説得して

いつも通りに登校してもらった。

　だけど、学校以外の時間はいつも一緒にいてくれた。

　天聖さんが言った通り、あれから私の新しい記事が出る

ことはなく、突然戻ってきた平穏な日常。

　会見と、長王院グループの御曹司と婚約をしたという情

報は出たけど、それ以上取り扱われることはなく、テレビ

からもアイドルのカレンの話題が消えた。

　長王院グループの力、恐ろしい……。

　社長も、事務所にもマスコミが来なくなったと連絡をく

れて、ほっと一安心した。

　休みが明けて……今日は、久しぶりの登校日。

　緊張、する……。

　学校には……マスコミが押し寄せてないかな。

　天聖さんは大丈夫って言ってくれたけど、私に気を使ってそう言ってくれているだけかもしれないし……。

　不安を抱えながら、天聖さんと一緒に学校へ。

　学校が見えてきたけど、私はいつも通り、静かな光景が広がっていることに気づいた。

　あれ……。

　正門にも、人の姿はない。

　マスコミ、いない……？

　よかった……。

「だから、大丈夫だって言っただろ」

　天聖さんが、ふっと微笑んで私の頭を撫でた。

「俺だけじゃなく、他の奴らも動いてたからな」

「え……」

　他の奴らって……。

「LOSTも生徒会の奴らも、お前のために動き回ってたらしい」

　天聖さんから聞かされた事実に、驚いた。

　連絡も返していない、薄情な私のためなんかに……みんなが動いてくれていたなんて……。

「全員、お前のためになりたくて勝手にやってるだけだ。お前といたいから」

　再び、微笑んだ天聖さん。

「俺たちを動かせるのは、お前くらいだ」

　私はみんなに迷惑をかけたくないなんて言っておいて、もう十分みんなを巻き込んでいたんだと思う。

　でも……みんなにはごめんねじゃなくて……ありがとうを、伝えたい。

　そう思って、私も笑顔を返した。

帰ってきた日常

　天聖さんと正門をくぐって、昇降口に入る。

　いつものように生徒会室まで送ってくれるのか、ついてきてくれた天聖さん。

　ちらほらと、他の生徒さんたちの姿が見えはじめて、あたりが騒がしくなった。

「なあ、見ろよ……！」

「カレンが来たぞ……！」

　やっぱり、噂にはなってしまってるんだ……。

「おい、大声出すなよ……！」

「忠告されてるだろ……騒ぐなって……！」

「あ、あんまり見たら、退学にさせられるぞ……」

　ちらちらと私を見ながらも、通り過ぎていく生徒さんたち。

　い、今、退学って言った……？

　命令制度の延長？　それとも、また誰かが忠告してくれたのかな……？

　何はともあれ、話しかけられなかったことには安心した。

　なんて対応していいか、わからなかったから……。

「堂々としていればいい。お前に余計なことをする奴がいれば、俺が処分する」

　しょ、処分って、物騒っ……。

　でも、天聖さんが私のためを思って言ってくれていること

とはわかったから、「ありがとうございます」と返した。

　生徒会室に来るのも、久しぶりだな……。

「それじゃあ天聖さん、またお昼休みに」

「俺も入る」

　え……？

　て、天聖さんが、生徒会室にっ……？

「許可は出てる。行くぞ」

　一体どんな話になっているのかはわからなかったけど、平然とした様子で扉を開けた天聖さん。

　扉の奥には——久しぶりに見る、生徒会のみんなの姿があった。

　って、あれ……？

　生徒会のみんなだけじゃない。中には、LOSTのみんなもいた。

　響くん、蛍くん、大河さん、仁さん、充希さん、陸くん、まこ先輩、絹世くん、伊波さん、正道くん……相容れないはずのメンバーが揃っている姿に、驚いて思わず固まった。

「かれーーん！！」

　絹世くんが、真っ先に名前を呼んで駆け寄ってきてくれようとした。

「止まれ羽白！！」

　けれど、まこ先輩に捕まってしまって、じたばた抵抗している。

「は、離してよ武蔵くん……！！」

「花恋……！　やっと来たな……！」

　響くん……。

「お前……遅い」

　蛍くんも……。

　みんなが近づいてきてくれて、私も歩み寄るように生徒会室の中に入った。

「よかった……」

　陸くんが、泣きそうな声でそう言った。

　私も、みんなを前にしたら、涙が溢れそうになった。

　またこうして、学園の中でみんなと会える日が来るなんて……。

「本当は電話とかしたかったんだけど、花恋はきっと忙しいから連絡はしないでおこうってことになって……」

　仁さんが、顔をしかめながらそう言った。

　気を使ってくれていたんだ……。みんなの優しさに、胸の奥が温かくなる。

「抜け駆けした奴いねーだろうな」

「みんな耐えていたはずだ……」

　充希さん、大河さん……。

　ちゃんと、言わなきゃ……。

「みんな……心配かけて、ごめんなさい……」

　そう言って、頭を下げた。

「それと……隠していたことも……ごめんなさい……」

　知っていた人もいるけど、まだ元アイドルだったことを話していない人もいたから……。

「頭なんて下げないでよ。誰もそんなことで怒ってないよ、花恋」

　そう言ってくれたのは、陸くんだった。

「俺以外の奴が知っていたのは気に入らねーけどな」

　充希さんは、天聖さんや響くんたちを鋭い目で睨んでいる。

「まあ、それは同感だが、花恋は悪くない」

「花恋の事情は、みんなわかってる」

　大河さんとまこ先輩までそんな優しい言葉をかけてくれて、涙が溢れそうになったのをぐっとこらえた。

「あの……それと、みんながいろんなところに掛け合ってくれたって聞いたんだけど……」

　私の質問に、まこ先輩が「あー……」と困ったように唸った。

「まあ……長王院グループの忠告が一番効いただろうがな……。俺たちは俺たちなりに、お前のためになりたかったんだ」

「みんなで、国内の出版社はぜーんぶ買収しちゃった〜」

　えっ……！　絹世くんの発言に、耳を疑った。

　全部って……そ、そんなことできるのっ……!?

「僕も久しぶりに父さんに会ってきたんだよ……ほんとに怖かった……だからたくさん褒めて花恋！」

　絹世くん……。

　お父さんとの関係のことも聞いていたし、絹世くんがお父さんを畏怖の対象としているのかは知っている。

　だからこそ……絹世くんがどれだけ勇気を出してその行動をしてくれたのかがわかった。

「厚かましいからやめたほうがいいですよ」

「ひっ……最近僕の扱いがなってないよ陸くん!!」

　陸くんに叩かれて、文句を言っている絹世くんに思わずくすっと笑ってしまった。

　久しぶりに見るみんながいつも通りで、ほっとしたんだ。

「こほんっ!　ここにいる全員を敵に回そうなんて人間、この国にはいないから安心してくれ」

　正道くんが、得意満面の表情でそう言った。

「みんな……」

　みんなのほうを見て、私は一番伝えたかった言葉を口にした。

「ありがとう」

　ほんとにほんとに……ありがとう。

　今こうして、ここにいられるのも……全部みんなのおかげだ。

「お前のためなら……まあ、なんだってしてやらないこともない」

「武蔵かまこか知らんけど、素直になられへんの?　生徒会の連中ってめんどさそうな奴ばっかやな」

「おい……!　口を慎めLSの1年!　お前のような知能の低そうな奴は一生手に入れることはできない高貴な称号だぞ」

「ふっ、そうやってムキになるところが全然高貴じゃない

けどね、会長様」

「響、蛍、事実でもそれ以上はやめてよ。うちにはまともな人間が俺くらいしかいないから」

「だから、陸くんが一番おかしいっていつも言ってるじゃんか！！」

「案外LOSTの俺たちのほうがまともかもしれないな」

「どう考えてもそうだろ。こんなんが学園のトップとか頭おかしいぞ」

「大河、充希、喧嘩になるからやめておきな」

「……」

　賑やかな室内で、天聖さんがめんどくさそうに顔をしかめている。

　私にはその光景が、かけがえのないものに見えた。

　これからも……こんな賑やかな日常が、続きますように。

　今度こそ、全力で……この生活を守ろう。

　戻ってきた、幸せな日常を前に……私は改めてそう思った。

溺愛バトルは延長戦へ

　今日は生徒会の活動はお休みらしく、みんなでたわいもない話をしていた。

　LOSTのみんなは休憩スペースになっているソファに座り、生徒会のみんなは自分の席や、椅子を持ってきて集まって座っていた。

　天聖さんは私の隣で、二人用のソファに座っている。

「あの、今日はどうしてみんなで生徒会室にいるんですか？」

　ずっと気になっていることを聞くと、仁さんが答えてくれた。

「実は、最近よくここで集まってたんだよ。作戦会議で」

　そうだったんだ……！

　生徒会とLOSTは対立していたし、特に生徒会側が毛嫌いしていたから、驚いたんだ。

　それに、生徒会室はFS生以外立ち入り禁止だし……

　LOSTのみんなが生徒会室にいるなんて、不思議な光景……。

　でも、みんなが一緒にいる光景は、私にとってはすごく幸せなものだった。

　これを機に、みんなが仲良くなったりしないかな……。

「こいつらが出入りするようになってから、生徒会室が汚れた気がするな……」

　私の願望とは裏腹に、まこ先輩がふんっと鼻を鳴らした。

「まったくだ」

　正道くんまで同調するから、LOSTのみんなが気分を悪くしちゃわないかとハラハラしてしまう。

「まこ先輩、会長っ……ロ、LOSTのみんなはいい人たちなので、そんなふうに言うのは……」

　できれば……やめてほしいな……。

　ふたりがLOSTを嫌っているのもわかるけど……。

「もっと言ったってや花恋」

「俺たちのことあんまり貶すと、花恋に嫌われるぞ」

　響くんと蛍くんが、にやにやしながらふたりを見ていた。

「くっ……」

「す、すまないカレン……！　じゃなくて、一ノ瀬……！」

　わかってくれたみたいで、よかったっ……。

　というか、もう隠す必要はないんだった。

「もう大丈夫だよ、花恋でも」

「え……！」

　正道くんにそう言えば、ぱああっと嬉しそうな表情に変わった。

　私がカレンだってことはバレたんだし……正道くんももう元ファンだってことを隠してないみたいだから、よそよそしくする必要もない。

　もちろん、命令制度のことや、みんなに心配をかけたことは変わらないけど……もう他の人たちも、事情はわかってくれているだろうから。

「な、なら……僕のことも……」

「うん、正道くんって呼ぶね」

　笑顔でそう言えば、正道くんはさっき以上に顔を明るくさせた。

「……!!　あ、ありがとう……!!」

　ふふっ、たったそれだけのことでこんなに喜んでくれるなんて。

　嬉しく思ったけど、なにやら空気が変わったことに気づいた。

　周りのみんなが、変なものを見る目で正道くんを見ている。

「え……会長、キモ」

　り、陸くん……!?

「キャラ変わってるやん」

「まさかあの厳格を絵に描いたような久世城が……ここまでアイドルカレンの熱狂的ファンだとは、誰も思わなかっただろうな」

　響くんと大河さんまでそんなことを言っていて、正道くんの表情がみるみるうちに赤く染まった。

「う、うるさい!!　べ、別にカレン以外になんと思われようとどうでもいい……!!」

「というか、カレンと会長って知り合いやったん？　正道くんって呼んでるし……」

　私の呼び方に違和感を覚えたのか、不思議そうにしている響くん。

「僕はカレンに認知されているファンだったからな」

　正道くんは鼻を高くしながら、そう答えた。

「それって、いくらつぎ込んだんですか？」

「ぶ、不躾なことを聞くな陸‼　金ではない！　時間だ！」

　あはは……。

「いつも握手会に来てくれて、たくさんお話ししてくれてたの」

　そう答えると、正道くんは嬉しそうに微笑んだ。

「へー……この学園に久世城がいることは知ってたの？」

　仁さんの質問に、首を横に振る。

「知りませんでした！　だから、始業式の朝礼で正道くんの姿を見つけた時に驚いたんです……！」

　あの時は、衝撃的だった。

　正道くんには、また会いたいって思っていたから……。

「本当にすごい偶然だよね。正道くんに再会した時も、運命だって思ったの」

「……っ」

　正道くんを見て笑顔でそう言えば、なぜか正道くんは表情を曇らせた。

　どうしたんだろう……？

「じゃあ、運命だって思った相手に、嫌がらせされたってことか」

　え……？

「さ、さっきからうるさいぞ陸‼　それに、お前に言われるのだけは解せない‼」

「うわ……悲惨やったな。ショックやったやろ……」

　あ……だ、だから正道くん、一瞬気まずそうな顔をしたのかな。

　もう過去のことだから、気にしていないのに。

「熱狂的なファンだと思ってた相手に、精神的苦痛を与えられてたってことか……」

「カレンの前では猫かぶってたみたいだし、ダメージも大きかっただろうね」

　大河さんと仁さんの言葉に「や、やめろ……！」と言いながら頭を抱えている正道くん。

　だ、大丈夫かなっ……。

「けど……か、カレンがそんなふうに思ってくれてたとは……」

　正道くんは頭を抱えたまま、動かなくなった。

「やはり、久世城家の全財力を費やしてでもタイムマシンを開発するべきだ……あの日に戻ってすべてをやり直したいっ……」

　ま、正道くん？

　ぶつぶつと小さな声で何か呟いている正道くんに、心配になる。

　ほんとに大丈夫かな……あはは……。

「あっ、伊波さんのことも、わかりましたよ！」

　最初に会った時のことを思い出して、さっきからずっと静かにみんなを見ていた伊波さんのほうを見た。

「……っ」

　伊波さんはなぜか、ショックを受けたように眉をひそめる。

　あれ……？

「そう、ですか」

　やっぱり……伊波さん、ずっと様子が変だ……。

　いつも静かだけど、今日は特に口数が少ないし……表情も硬い。

　仮事務所に、会いに来てくれた時から。

　やっぱり……私が隠していたこと、怒ってるのかな……？

「え？　伊波さんもカレンのファンだったんですか？」

「違う、俺の付き添いだ」

　陸くんの質問に、答えたのは正道くんだった。伊波さんは正道くんと一緒に来てくれていただけで、私と直接話したことはない。

　握手もしたことがないし……本当にただの付き添いだったから。

「その……ひとつ、確認したいんだが」

　ん……？

　大河さんが、気まずそうに口を開いた。

「なんですか？」

　そんな言いにくそうに……いったいなんだろう？

「会見のことで……婚約というのは、どういうことだ？」

　……っ！

　大河さんの言葉に、肩が跳ねた。

　そ、そうだ……その話もしなきゃ……。

「そうそう、ふたりが付き合ってるっていうのは嘘だったんでしょ!?」

絹世くんが、嬉しそうにそう言った。

どうやら、誰かが説明してくれていたみたい。

でも……嘘だったけど、今は本当になったんだっ……。

「ふんっ、どうせ長王院がデタラメを吹いたんだろう。まあ、婚約者と言っておけば丸く収まるだろうし、そのうち世間も忘れるだろ。その頃には……べ、別の相手の婚約者になっているだろうがな……！」

正道くんが、どうしてか確信をもった口調で言い放った。

「少なくとも、その相手は会長じゃないですけどね」

「ま、嘘だっていうのはみんなわかってるから、安心してよ〜」

陸くんも絹世くんも、他のみんなも……婚約の話は嘘だって思ってるみたい。

実際、婚約者というわけではないし、あの会見の時は付き合ってもいなかったけど……今の私たちは恋人同士で、ご両親に挨拶も行かせてもらう予定だった。

「そ、その……」

みんなにも報告しなきゃいけないけど、思っていた以上に言うのが恥ずかしい。

友達に恋愛の話をするって、こんなに照れくさいことなんだ……。

初めての恋は、初めての感情だらけだった。

「あの、その……」

「え……？」

　言いかけてはやめ、言いかけてはやめを繰り返す私を見ながら、みんなの顔が青ざめていく。

「な、なんだ、その反応は……」

　まこ先輩は私を見ながら、わなわなと震えている。

　他のみんなも、ごくりと息を飲んでこっちを見ていた。

　深呼吸して……よ、よし、言うんだ私……！

「私……て、天聖さんと、付き合うことになりました……」

　意を決してそう言うと、なぜか天聖さんまで驚いた顔をしていた。

　あ、あれ……？　言っちゃダメだったかな……？

　どうしてか言葉を失ったように固まっているみんなと、目を見開いて私を見ている天聖さん。

「花恋……」

　天聖さんは目を細め、嬉しそうに笑った。

「まさか、お前から言ってくれるとは思わなかった」

　あれ……？　喜んでくれてる……？

　そ、それなら、よかった……。

　天聖さんが嬉しそうにしていると私も嬉しくなって、頬が緩む。

「「「ええええええ!!!!」」」

　だらしない顔になっているだろうなと思った時、みんなの絶叫が生徒会室に響いた。

　えっ……！

　時差でもあったのかと思うほど、遅れて返ってきた反応。

　それに、みんなショックを受けたようにうなだれていて、首を傾げた。

　天聖さんとのことを応援してくれていた人もいるから、てっきり祝福してもらえるかと思っていたけど、残念がられてる……？

　絹世くんからは……その、告白をされたから、報告するのは酷なんじゃないかと思ったけど……。

　みんなの反応がわからなくて、困ってしまう。

「嘘だろ……」

「ちっ……」

　あちこちから聞こえてくる、不満のような声。

　それに、よく見ると正道くんの顔が青を通り越して白くなっていて、ぱたりとその場に倒れた。

「ま、正道くん……!?」

　ど、どうしたの……!?

　駆け寄ろうとしたけど、天聖さんに腕を掴まれて止められた。

「ほおっておけ」

　で、でも……大丈夫かなって……。

　おろおろしながら、顔面蒼白のみんなを見る。

　少し時間が経ってから、正道くんがふらふらと立ち上がった。

　顔は色がないままだけど、「は、ははっ」と力無い声で笑っている。

「れ、恋愛のほとんどは略奪から始まると、恋愛指南書で

読んだ」

　れ、恋愛指南書……？　ど、どうしてそんなもの読んでるんだろう……？

「花恋、ぼ、僕は諦めない……！」

「え？」

　諦めない……？

　……何を？

「普通に諦めるわけないよね。最後は俺のものになってくれればいいし」

　陸くんまでそう言って、自分を奮い立たせるように顔をパチパチと叩いている。

「考えてることはみんな一緒かな」

　仁さんのセリフに、あちこちから同調する声が聞こえた。

　私だけ話についていけてないみたいで、首がどんどん傾いていった。

「花恋、行くぞ」

　苛立った様子の天聖さんが、私の手を掴んで立ち上がる。

「こんなところにいたら、お前に悪影響だ。倫理観の壊れた奴らの話に耳を傾ける必要はない」

　そ、そうなの……？

「あっ……ず、ずるい……！」

「久しぶりの再会なんだぞ!!　おい長王院！　勝手に連れていくな!!」

　引き止めるみんなの声を無視して、天聖さんは生徒会室を後にした。

　溜まり場に行くつもりなのか、手を繋ぎながらそっちの
方向へと歩いていく天聖さん。

　手……。恋人らしいことに慣れなくて、手を繋ぐのです
ら照れてしまう。

　そんなことを思っていた時、廊下の向こうに他の生徒た
ちがいることに気づいた。

　……っ。

　このまま手を繋いでいて、いいのかな……。

　みんなの視線が、天聖さんと私に集まっている。

　……きっと、大丈夫だ。

　もう怯えない。みんなが、私を守ってくれたことを知っ
たから。

　私は……堂々としていたい。

「カ、カレンだっ……」

「メガネとってくれないかな……一目でいいから見てみた
いっ……」

「友達になれないかなっ……」

　こそこそと何か言われている気はしたけど、直接耳に
入ってくることはなかったので気にしないフリをした。

「花恋さん……!!」

　え……?

　名前を呼ばれて振り返ると、そこには伊波さんがいた。

　どうしたんだろう……?

　天聖さんも足を止めて、一緒に伊波さんのほうを見てい
る。

　伊波さんは……眉間にしわを寄せながら、こっちへ駆け
寄ってきた。
「あの……」
　苦しそうに顔をしかめて、口を開いた伊波さん。
「少しだけ……話をさせて、いただけませんか……」

希望

【side 伊波】

「長王院め……！　カレンを独り占めするなんて……！」

　ふたりが消えた生徒会室では、落胆の声が上がっていた。

　とくに正道様は、ふたりが消えていった扉のほうを見て、悔しそうに歯を食いしばっている。

「……まあ、今だけは許してあげよう。今回、天聖は花恋のために必死に走り回ってたし、結果的にあいつのおかげでマスコミも黙ったようなものだしね」

　椿さんのひと言で、皆さんは不満そうにしながらも、それ以上文句は上がらなかった。

　ただ……私だけは、ここでじっとしていることができなかった。

　ふたりを追いかけるように、生徒会室の扉を開く。

「おい、伊波……！」

　私は正道様の声も無視して、生徒会室を飛び出した。

　正道様を無視したのは、生まれて初めてだった。

　走って、ふたりを追いかける。

　どこへ行ったか、目星はついていた。

　きっと……長王院さんなら、確実にふたりきりになれる場所に向かうはず。

　そうなると……大方LOSTの溜まり場だろう。

　一応場所は知っていたため、そちらの方向へと走った。

　あっ……。

　ふたりの後ろ姿を見つけ、「花恋さん！」と大きな声で名前を呼んだ。

「少しだけ……話をさせて、いただけませんか……」

　私の頼みに、花恋さんは不思議そうに首を傾げている。

「天聖さん、いいですか？」

　許可を取るように長王院さんに聞いた花恋さん。

　長王院さんは……私を見ながら、顔をしかめていた。

「俺も同席する。こいつのことは信用していない」

　……仕方がない。

　私は、花恋さんに一度ハサミを突きつけた相手だ。

　彼はそれを知っているし、信用されていないのも無理はないだろう。

「それでも構いません……」

　とにかく……話がしたかった。

　花恋さんがカレンだと気づいてから、ずっと……。

　長王院さんが、私がLOSTの溜まり場に入ることを許可してくれた。

　初めて入るその場所への感想なんて思いつかないほど、今はただ花恋さんと話がしたいという思いだけで頭の中はいっぱいだった。

　花恋さんと向き合う座り方で、ソファに腰を下ろす。

　長王院さんは、花恋さんの隣に座った。

　何から、話そう……。

　話したいことはたくさんあるのに、ありすぎてまとまっていない。

　彼女に伝えたいのは、謝罪と……。

　──本当の、俺のこと。

「花恋さん……4年前のこと、覚えていますか？」

「4年前？」

　こてんと、可愛らしく首を傾げた花恋さん。

「あなたが、この星ノ望学園のイベントに出演してくれたことです」

　花恋さんは思い出したのか、「はい」と返事をくれた。

「あのイベントで……あなたに出演依頼を出したのは、私です」

「え……？」

　メガネではっきりとは見えないけど、花恋さんが驚いていることはわかった。

「私にとって……ずっとあなたが、心の支えでした」

　私は少しずつ、過去の話を始めた。

　5年前。

　水瀬家は代々、久世城グループの当主に仕えることが決まっていた。

　時代にそぐわない、古くからあるしきたりだ。

　とくに将来の夢というのはなかったけれど、親に決められた人生を歩むのは嫌だった。

　そんな時、デビューしたてのアイドルが、路上ライブをしている場面に遭遇（そうぐう）した。

　それが……カレンだった。

　幼いけれど、驚くほど綺麗な少女。きっと私と年齢も変わらない、小学生くらいのはずなのに、彼女のパフォーマンスはプロそのものっだ。

　看板にはデビューして数日しか経っていないと書かれていたが、通り過ぎる人みんなが足を止め、彼女を一目見てファンになっているのがわかるほど、魅力のある人だった。

　私もそのひとりで、彼女が気になって仕方がなくなった。

　そして、ライブが終わった後、私はその少女に話しかけた。

「どうして、アイドルを目指そうと思ったんですか」

　今思えば、急にこんなことを聞いてくる私は、カレンにとっておかしな人物に見えたと思う。

　そんな私にも、彼女は笑顔で答えてくれた。

「アイドルになりたかったわけじゃないんです。でも……これが私の運命だって、受け入れることにしたんです」

　運命、か……。

　自分の中のしがらみみたいなものが、その時に解ける感覚がした。

　彼女がそうなら……私も、自分の運命を受け入れてみようと思えたんだ。

　それから、正式に正道様の元に就（つ）くことが決まった。

　といっても、学生時代は研修のようなもので、あくまで

仮だ。

　けれど、卒業後は正式に正道様の従者になる立場上、気
は抜けなかった。

　正道様は容姿にコンプレックスがあり、周りの目を極度
に恐れていたり、精神的に不安定な方でもあったため、メ
ンタルのケアをするのにも必死だった。

　それでも……どれだけ疲れても、辛くても、今"彼女"
も頑張っているんだと思うとそれだけでなんとか乗り越え
ることができた。

　アイドル"カレン"は、私にとっても希望だった。

　──好きだった。

　ただ、ファンのような純粋な感情ではなく、ひとりの女
性として、ただただ恋い焦がれていた。

　どうしようもないこの世の中で、彼女だけが……私には
輝いて見えていた。

「芸術鑑賞会……」

　ある日、学園のイベントで、著名人を集めての鑑賞会が
行われることになった。

　鑑賞会委員は呼びたい著名人の候補をひとりあげること
ができる。委員の私にもその権利があった。

　頭の中には、ひとりしか浮かばなかった。

　私はアーティストの枠にカレンを指名し、事務所にアポ
イントをとったところ、出演してもらえることが決まった。

　彼女に、もう一度会えるなんて……。

　その時は喜んでいたけれど、まさかこのイベントが……
さまざまな恋路を動かすことになるなんて、思ってもいな
かったんだ。

　私は鑑賞会委員だったため、その日だけは正道様の付き
添いを外れていた。
　正道様は乗り気ではなかったし、この鑑賞会には来ない
かもしれないと思っていた。
　今日……彼女に、会えるのか……。
　久しぶりに会う彼女は、元気だろうか……。
「あの……アイドルのカレン？の姿が見えないんです
が……」
　委員のひとりが困っていて、私も控え室の中にカレンの
姿を探す。
　いない……。もしかしたら、道に迷っているのかもしれ
ない。
　そう思って、私は「探してきます」と伝えた。
　通路を進み、カレンの姿を探す。
　あれ……？
　見つけたのは、カレンではなく正道様だった。
　来ていたのか……。
　カレンを探すのが優先とはいえ、無視をすることはでき
ない。
　なぜか一点を見つめたまま、ぼうっと立ち尽くしている
正道様。

　私は違和感を覚えつつ、正道様のもとへ駆け寄った。

「正道様……」

「！　あ、ああ……伊波……」

　私に気づいて、ハッとした正道様。

「どうなさいましたか？」

　私の質問に、正道様はどこか虚ろな目で言った。

「女神が……いたんだ……」

　……女神……？

「僕は……もう一度、彼女に会いたい……」

　その時は正道様が何をおっしゃっているのか、わからなかった。

　幻覚でも見たのか……？

　精神的に不安定だから、それも十分にありえる。

　帰ったら、ご両親に報告したほうがいいかもしれないな……。

　その後、カレンを探しても見当たらず、控え室に戻ると入れ違いに到着していた。

　……っ。

　久しぶりに会った彼女は、以前よりも一段とまた洗練されていた。

「次、カレンお願いします」

「はい！」

　周りのスタッフにも、自然な笑顔で対応しているカレンの姿に、やはり彼女は素晴らしい人だと再確認する。

　委員だからとはいえ、話しかけるのは失礼にあたるだろうと遠目から見るにとどめた。

　いつか……彼女と話してみたい。

　こんな遠目からではなく、隣に並んで話すことが……できる日が来るだろうか。

　彼女のステージを見ながら、そんな夢物語を想像してしまった。

　その日の帰り。私は正道様と、車で寮に戻った。

「伊波……」

　何やら、難しい顔で声をかけてきた正道様。

「はい」

「僕は……ダ、ダイエットする」

「え？」

　ダイエット……？

　そんな……どうして突然……。

　今までご両親に何度説得されても、挑戦することさえしなかったのに……。

　不思議に思った私に届いたのは……。

「カ、カレンに、もう一度会いたいんだ……！」

　──そんな、衝撃的な言葉だった。

「……え？」

　どうして……正道様の口から、カレンの名前が……？

　さーっと、血の気が引くのを感じた。

「実は……前から、知ってて……ファンだったんだ……」

　そう、だったのか……？
「さっき……偶然、迷子のカレンと会って……」
　その言葉に、ハッとする。
　さっき立ち尽くしていたのは……そういうこと、だったのか……。
「こんな僕に、微笑んでくれた……」
　嬉しそうに、頬をゆるませた正道様。
「カレンは女神だ……」
　ごくりと、息を飲んだ。
「や、痩せて、カレンのイベントに行きたい……！　僕はもう一度、あの笑顔が見たいんだ……」
「そう、ですか……」
　やめてくれ……。
　あの方は……。
　──俺の、ものなのに。
　そんなことを思っていい立場でもないし、権利も資格もないくせに、そう思わずにはいられなかった。
　そして私はカレンをイベントに招待したことを、一生悔やむことになる。

　ダイエットなんてきっと続かないと思っていたけれど、正道様は見事にやり通した。
　見違えるほどの理想の体型を手に入れた。
　正道様のお母様とお父様は圧倒的な美貌をおもちの方々だったから、お顔が整っていることはわかっていたけれど。

　容姿が変わって、正道様は中身も変わった。

　人を見下すようになり、醜（みにく）いものを嫌うようになった。

　過去の自分を思い出すとおっしゃっていたけれど、私としては正直、昔の正道様のほうがよかった。

　まだ……優しい心をもっていたから。

　けれど、虚勢（きょせい）だというのもまたわかっている。過去にコンプレックスを抱えているが故（ゆえ）に、人に弱みを見せられなくなったんだろう。

　久世城グループの御曹司としてのプレッシャーもあっただろうから、正道様の性格が歪んでしまったことは……多少仕方がないと思っている。

　そして……。

「はぁ……緊張する……」

　正道様はついに、カレンのイベントに足を運んだ。

　私も付き添いとしてついて行ったが、心中は穏やかではなかった。

　彼女に会えるのはとても嬉しいはずなのに……こんな形で、会うことになるなんて。

　この世に神がいるなら、私は恨（う）んでしまうかもしれない。

　カレンと再会した正道様は、この世の幸せをすべて手に入れたみたいに喜んでいた。

　私はその後ろで、楽しそうに話すふたりを見守っていることしかできなかった。

　……その権利しか、与えられなかった。

　それから、正道様は毎回カレンのイベントに足を運ぶよ

うになった。

　カレンと会えるというのに、私の気分は重かった。

　好きな人が……別の男と楽しそうに話しているのを、仲を深めていく姿を、ただ見ていることしかできない。

　生き地獄のようだと思った。

　正道様がカレンに愛を囁くたび、私のほうが想っていると伝えたくなった。

　私が先に見つけたはずだ。それなのに……。

　自分の中で、ドロドロとうごめく感情が日々膨れ上がっていった。

　その上、従者である以上私は正道様に少しも歯向かうことができなかった。

　彼がどれだけ間違ったことをしようと、何も言えない無力な自分に嫌気がさした。

　正道様の顔を立てるため、いつだって私は手加減をしていた。

　勉強も、スポーツも……決して正道様に勝ってはいけない。

　一番不快だったのは、正道様がカレンの前でだけ猫を被ること。

「正道くんはいつも優しいね……！」

　違うんです。その人は……あなたが思っているような人ではない。

　まるで正道様がカレンを騙しているような気分になっていた。

　私にとってイベントの付き添いの日は、回を重ねるごとに苦痛になった。

　カレンが引退を発表して、少しだけ安心している自分がいた。

　もう……イベントに付き添う必要はなくなるのか。

　それに、カレンはアイドルを目指していたわけではないと言っていた。

　彼女がアイドルをやめて、幸せになれるのなら……心から祝福したい。

　会えなくなってしまうことに寂しさはもちろんあるけれど、それ以上に彼女の幸せが最優先だ。

　いつかもう一度会えるなら、その時は……付き添いではなく、水瀬伊波として彼女に会いたい。ただそう願った。

　正道様は心を病んでしまって、カレンの引退後、さらに気性が荒くなってしまった。

　周囲の人間に対してもますます冷たく当たるようになり、私にはどうすることもできなかった。

　そんな時……彼女は現れた。

『あ、あの、私、編入生で……』

　季節外れの編入生。地味な見た目をしている女子生徒だった。

　編入生が生徒会に入ることは知っていたため、最初に見た時点で心配に思った。

　正道様に……目をつけられそうだ。

　さすがに、正道様も女子生徒相手にあくどいまねはしない
か……。

　そして、もうひとつ気になった。

　彼女の声が……カレンにとても似ていたから。

『よかったら名前を聞いてもいいですか？』

『えっと、一ノ瀬花恋です』

『かれん……』

　名前まで一緒……？

　身長も、話し方も似ている気がする。

　じっと彼女を見ると、そんな私を見て不思議そうに首を
傾げていた。

　……いや、そんなはずないか。

　カレンが、自分の通う学園に編入してくるなんて……そ
んな都合のいいことがあるとは思えない。

　私はそうして、勘違いという言葉で片付けてしまった。

　そんなこと、あるはずがなかったのに……。

『おい！　カレンがいるぞ……！』

　あるはずがない、その事実に気づいた時、私は絶望した。

　私はこの世で唯一の希望である存在に、刃物を向けてし
まったのだとようやく気づいた。

　ハサミを手にした私を見て、助けを乞う目をしていたカ
レン。

　私はどうしてあの時……正道様の命令に背けなかったん
だろう。

　どうして……私は、気づかなかったんだ……。

　日に日に花恋さんを好きになる人間が増え、違和感を覚えていた。

　それに、正道様が花恋さんに対して異常な執着を見せていたのも……普通に考えれば、ありえないことだったのに……。

「あの時……あなたのことをかばえなかったこと、本当に後悔しています……」

　これまで伝えることができなかったことすべてを花恋さんに話し終えて、頭を下げた。

「あ、あの時のことは、本当に気にしないでください……！」

　私が何度も謝っているから、しつこいと思われただろうか。

　……だとしても、何度謝ったって謝りきれない。

「話してくれて、ありがとうございます……」

「……すみません、こんな私情を長々と……」

「いえ……！　伊波さんが私のことを応援してくれていたなんて、知らなかったです……！」

　花恋さんはそう言って、嬉しそうに笑った。

「ありがとうございますっ……！」

　ごくりと、息を飲む。

　ありがとうなんて、言ってもらえる立場じゃない。

　花恋さんが、カレンだと知っていたら……家を勘当されたって、あの時守っただろう。

　カレンのためなら、正道様を裏切ることだって厭わな

かった。

　花恋さんが生徒会で嫌がらせにあっていた時、一番仲がよかったのは自分だといううぬぼれがあった。

　すべて水の泡にしてしまったけれど……彼女の信頼を得ていた自信がある。

　だからこそ……花恋さんがカレンだと知ってから、同じことばかり考えてしまっていた。

　もしあの時……僕が正道様に抗っていたら、今僕たちの関係はどうなっていたんだろう、と。

「花恋さん……ひとつだけ聞いてもいいでしょうか」

「はい？」

「もしあの時、私があなたを守っていれば——」

　そこまで言いかけて、言葉を飲み込んだ。

「……いえ、何もありません」

　これは……私が聞いていいことじゃない。

「これからは……私にもあなたを、守らせてください」

　そう言って、頭を下げた。

　せめて……どんな立場であっても、あなたのそばにいたい……。

　ただの生徒会の役員同士でもいい。私にとってはあなただけが……すべて、なんだ。

　何もない、ただの久世城家の従者である私にとっての。

「守るだなんてそんな……これからも、お友達として仲良くしてくださいね」

　こんな私にも、眩しい笑顔を向けてくれる花恋さん。

　きっと私が恋愛的な好意を抱いているとは、思ってもいないだろう。

　あんなことをした以上、伝えるつもりもないけれど……この感情を隠したまま、そばにいることを許してほしい。

「それでは、失礼しました。おふたりの時間を邪魔してしまってすみません」

　天聖さんの無言の圧力も感じていたから、私はその場から立ち上がった。

「これからも、友人としてよろしくお願いいたします」

　頭を下げると、花恋さんはもう一度微笑んでくれた。

「こちらこそっ」

　……どこまでも、素敵な人だと思う。

　この人の一番になれる権利が、自分にもあったのだろうかと……またそんなことを思ってしまった。

　邪念を払拭して、部屋を出る。

「……正道様……」

　扉の先に、正道様がいた。

　もしかして……。

「聞いていらっしゃったんですね」

　壁にもたれかかっているのを見るに、中の会話は聞こえていただろう。

「……少しだけな」

　私もとくに驚くことなく、「そうですか」と返事をした。

「ちなみに、お前が手を抜いていることはわかっていたぞ。僕を見くびるなよ」

　正道様は、不機嫌そうにそう言ってくる。

「はい。気づいていらっしゃることも、わかっておりました」

「ちっ……どこまでも読めない奴だ……」

　いつもなら誤魔化すところだろうけど、なんだか今はそんな気分にはなれない。

　正道様には聞かれてはいけない会話だったけれど……もう、いっそどうにでもなれという気持ちだった。

　怒っているかもしれない。それすら、もういい。

「いいか、伊波」

　何を言われるんだろうと、ぼうっと正道様を見つめる。

「これからは一切手加減をするな！」

　……え？

　予想外の発言に、少し驚いた。

「僕は別に……お前のことをただの従者とは思っていない」

「……」

　……そうか。

　私も少しだけ、誤解していた部分があるのかもしれない。

　この人は……私が思っていたよりも、情はある人だった。

「それと……」

　まだ何かあるのか……？

　顔をしかめた正道様の次の言葉を、じっと待つ。

「……悪かった」

　えっ……。

　正道様の口から、出るはずのない謝罪の言葉。

「お前に、あんな選択をさせたこと……」

　この人が、私に謝るなんて……。

　……ふっ。

「はい、もっと反省してください」

「おまっ……得体のしれない奴だとは思っていたが、やはり腹黒い男だったか！」

　そうだった。昔から……私のことは、信頼してくれている人だった。

　すみません正道様。

　変わらないといけないのは……私のほうです。

「これからもよろしくお願いいたします、正道様」

「ふんっ、せいぜい僕を超えるつもりで頑張るんだな」

　そう言って、私に背を向けた正道様。

　私はどこか晴れ晴れとした気持ちで、いつもより少し正道様との距離を詰めて歩いた。

28th STAR
聖女

最後に

「……あいつには気をつけろ、花恋」

　伊波さんが出て行った後、天聖さんがそう言った。

「え？　伊波さんはすごく優しい人ですよ？　生徒会の中でも人格者で……」

　あ……もしかして……。

「あの件のことですよね……」

「それもだが……あいつが一番厄介な匂いがする」

　ん？　厄介な匂い？

「そうなんですか……？」

　首を傾げた私に、そっと手を伸ばしてきた天聖さん。

　大きな手が、頬に触れた。

「お前は俺だけ見ていてくれ」

　……っ。

　そのセリフと天聖さんの微笑みに、心臓が大きく高鳴る。

　きっとそんなことを言われなくたって、もう私は天聖さんしか見えなくなっていると、思うっ……。

　そのくらい、天聖さんがかっこよすぎるから……。

　その後、天聖さんと溜まり場で少し話して、予鈴が鳴って教室に戻った。

　天聖さんが心配して教室まで送ってくれて、教室に着くと響くんたちが戻ってきていた。

「花恋！　長王院さん……！」

　響くんの声に、クラスメイトたちが一斉にこっちを見た。

　みんな天聖さんに怯えた様子ですぐに目を逸らしたけど、ちらちらと視線はまだ感じる。

　し、仕方ないよね……今まで以上に浮いてしまうかもしれないけど……。

　もはや、女の子の友達を作るという夢は絶望的だ。

　駆け寄ってきてくれた響くんと蛍くんに、天聖さんが口を開いた。

「花恋を頼む」

「はい……！」

「またな」と言い残して、去って行った天聖さん。

「何が頼むだよ……自分のものみたいに言いやがって……」

　離れた場所にいた陸くんが、舌打ちをしたのが聞こえた。

「本人の前で言えよ」

「……いつかあの男を超えてみせる」

　陸くんの発言に、私は少し驚いた。

「陸くん、天聖さんに憧れてるの？」

「……どうしてそうなるの？」

　超えてみせるって……天聖さんみたいになりたいってことだよね？

　天聖さんはすごい人だから、憧れてるのはもちろんわかるけど、陸くんはてっきり正道くんに憧れていると思っていたからびっくりだ。

「俺にとってあいつはただの恋敵だよ」

「恋敵……？」

「まさか花恋……まだ気づいてなかったの……？」

　顔を青くしながら、私を見る陸くん。

「かわいそうや陸」

　陸くんを哀れむように、響くんが背中を叩いていた。

「お前らだって似たようなものでしょ」

　口論している３人を見ていると、自然と笑顔があふれた。ふふっ……。数日ぶりの学校……楽しいな。

　みんながいつも通りで、すごく安心した。

　クラスも……いつも通りとはいかないけど、穏やかな空気が流れているし……。

　……あれ？

「あの……石田さんたちは……？」

　女の子が誰もいなくて、首を傾げる。

　にっこりと、陸くんが微笑んだ。

「もうあいつらは来ないから、安心してよ」

「え……？」

　来ない……？

「花恋、命令制度のこと忘れてるんか？」

　……っ。

　忘れているわけではないけど……どうして、もう処分が決まってるのっ……？

　あの日、ステージ裏で起きたこと……みんなに見られていたわけではないはずなのに……。

「あいつらがお前に危害を加えたのは確かだろ」

「ただの退学なんかじゃ済ませないからね」

　蛍くんと陸くんの言葉に、サーっと血の気が引いた。

「ま、待って……で、でも……」

　私、やっぱり……退学は嫌だっ……。

「もう一度、石田さんたちと話したい……」

　自分のせいで誰かが退学になるなんて嫌だって思ってた。

　それに……自分が退学になるかもしれないってなった時、すごくすごく怖かったんだ。

　だから……石田さんたちも、今はその恐怖の中にいるのかもしれない。そう思うと……胸が苦しくなった。

「さすがに今回は無理やで。あんな危ない奴と会わせられるか」

「そうだよ花恋。あんな奴らの心配なんてする必要ないから」

「あいつらのせいで、お前が怖い思いをするはめになったんだろ」

　確かに……私も、怖かった。けど、あそこまで石田さんが私を嫌うのには理由があったのかもしれないし……。

「このまま会えなくなったら、きっと一生後悔する……石田さんのこと、ずっと考えると思う。だから……ちゃんと話し合いたい」

　せっかく、同じクラスになれた人なんだ。いがみ合ったままお別れなんてしたくない。

「……お前、そんなにお人好し極めとったらいつか殺され

るで」

「危機管理能力が死んでるんだよ……」

　響くんと蛍くんは、呆れたようにため息をついた。

「会ってもどうにもならないよ。あいつらは話してわかり合える奴らじゃないから」

　陸くんの言ってることも一理あるのかもしれない。石田さんたちも……私とは話もしたくないって思ってるかもしれない。

「それでも……このままお別れはできない」

　まっすぐ、みんなを見てそう言った。

「はぁ……花恋は頑固やからな」

「1回こうなったこいつは止められない。お前の時もそうだったからな」

　蛍くんが、陸くんを睨みつけた。

「……。わかった。会長に言ってみようか。ただし、俺も同席するからね」

　陸くん……!!

「ありがとうっ……!」

「はぁ……俺も花恋には強く出れないよ」

　陸くんが、ははっと苦笑をこぼした。

「俺も話し合いの席には同席するわな」

「お前たちはいらないから」

「石田たちと手組んどったお前のほうがいらんわ!!」

　陸くんと響くんが言い争っているのを見て、私もくすっと笑みがこぼれた。

　お昼休みになって、いつものように溜まり場に……と思ったけど、今日は先に陸くんと生徒会室に行くことにした。

　正道くんに石田さんたちのことを、お願いしに。

　──コン、コン、コン。

「失礼します」

　陸くんが先に入ってくれて、私も後ろについて行く。

　中には正道くんと伊波さんと、絹世くんとまこ先輩、そして……他の役員さん数人の姿も。

「……っ、カ、カレン……」

　役員さんのひとりが、私を見て食べていたお弁当を落とした。

　あ……や、やっぱり、生徒会の人にもバレてるよね……そ、それより、お弁当が……！

「お、おいお前！　失礼だぞ！」

　名前を呼んだ生徒に対して、正道くんが叱咤した。

　彼は「すみません……！」と謝り、お弁当を拾っている。

「だ、大丈夫ですか……！」

　私のせいで食べ物が無駄になってしまったと思うと、悲しくて悲しくて胸が苦しくなった。

　ご、ごめんなさい、食材たち……。

「だ、大丈夫です……！　し、失礼なこと言って、すみません……！」

　お弁当を拾う手を止めて、謝ってきた役員さん。

「気にしないでくださいっ」

　笑顔でそう言うと、役員さんの顔が真っ赤になった。

　ん……？

「……おい、お前ごときが見ていい相手じゃないぞ」

　り、陸くん？

「ひっ……！　す、すみません……！　お、俺、食堂行ってきます……！」

　お弁当を急いで片付けて、飛び出して行った役員さん。

　なんだか悪いことしちゃったな……。

　申し訳ない気持ちでいると、正道くんが私のほうに駆け寄ってきた。

「ど、どうしたんだ……！　花恋がお昼休みに来るなんて、珍しいね……！」

　正道くんの周りに、飛び散るお花の幻覚が見えるほど上機嫌だ。

「花恋さん、今日はLOSTの皆様とご一緒なさらないのですか？」

「かれーーん!!　一緒にお昼ご飯食べよう！」

「俺の隣に座るといい」

　他のみんなも、笑顔で迎え入れてくれた。

　ゆっくりしたいけど……今は、話があって来たんだ。

「あの、実はお願いがあって……」

　私は石田さんのことを、正道くんに話した。

正直な気持ち

「遅くなりましたっ……！」

　生徒会で話をした後、外で待ってくれていた響くんたちと一緒に溜まり場に来た。

　いつもと変わらないのに、久しぶりに来たからか、なんだか感動してしまう。

「待ってたよ。用事って、何かあったの？」

　笑顔で迎えてくれた仁さんが、そう言って首を傾げた。

　みんなには用事を済ませてから来るって連絡をしたから、心配をかけたかもしれない。

「それが……花恋が石田たちと話し合いたいって言い出したんっすよ」

　響くんが、そう言ってため息をついた。

「「「は？」」」

　仁さんと大河さんと充希さんが、声を合わせた。

「石田って……花恋のことはめた子でしょ？」

「そんな相手と何を話し合う気だ？」

「あぶねーだろ、やめとけ花恋」

　みんなが口を揃えて忠告してくる中で、天聖さんだけがじっと私を見ている。

「どうして会いたいんだ？」

　いつもの優しい声で聞いてくれる天聖さんに、私もちゃんと答えた。

「せっかく同じクラスになれた人だから……いがみ合ったまま、お別れしたくないんです……」

「……そうか」

　天聖さんは手招きして、私を隣に座らせた。

「い、いやいや、そうかじゃないでしょ天聖」

「後悔が残るくらいなら、気が済むまで話せばいい」

　そう言って、私の頭を撫でた天聖さん。

「俺も同席する」

　天聖さん……。

「はぁ……お前は花恋に甘いな」

「ちっ……俺はそんな女たちと会いたくもねぇ」

　みんなも心配してくれているのはわかっているから、なんとも言い難い。

「天聖さん、俺たちも同席するんで安心してください！」

　響くんが得意げにそう言ってくれた。

「ていうか、どういう話になってるの？」

　仁さんの質問に、私はさっき話した内容を伝えた。

「正道くんにお願いしたんです。石田さんたちと話す機会を作ってほしいって」

「あいつもよくいいって言ったね……」

「何度も断られたんですけど……説得したら折れてくれました」

　顔をこれでもかとしかめながら、承諾してくれた正道くんを思い出す。

『……わかった。ただし、僕も話し合いの席には立ち会う』

「今日の放課後、石田さんたちに会議室に来てもらうように頼んでくれるって……」

みんなが言っている通り、わかり合うことはできないのかもしれない。

それでも、可能性が少しでもあるのなら……私は石田さんとも、わかり合いたい。

まこ先輩や正道くんや、陸くんともわかり合えたんだ。

充希さんとだって……。だから、きっと石田さんとも……。

そう、願わずにはいられなかった。

そして、放課後がやってきた。

正道くんから、会議室で待っているという連絡が来て、石田さんたちも応じてくれたことを知った。

よし……。

「行くか、花恋」

「う、うん」

緊張してきた……。

響くんと蛍くんと陸くんがついてきてくれて、一緒に会議室に向かう。

あっ……。

会議室が見えた時、教室の前に天聖さんの姿を見つけた。

「天聖さん……！」

急いで駆け寄ると、天聖さんはふっと微笑みながら私の頭を撫でてくれた。

　待っててくれたんだ……。

「ちっ……なんであいつまで来てるんだよ」

「どっちかというとお邪魔虫はお前や陸」

「嫌なら帰れば？」

　後ろで、みんながこそこそ話しているのが聞こえる。

「入るか？」

「は、はい」

　というか……な、なんだか大人数になってしまった……。

　中には正道くんもいるはずだし、たくさんいたら石田さんたちが萎縮してしまわないかな……。

　なんだか、みんなを味方につけているみたいで、フェアじゃない気もする。

　けど……みんな譲歩して会話する機会を作ってくれたから、席を外してほしいって言うのも失礼だ。

　心配させているのは私の責任だから……。

　とにかく、私はできるだけ天聖さんたちの手を借りずに、石田さんたちとちゃんと話をしよう。

　深呼吸をしてから、そっとドアに手を添える。

　意を決して、扉を開けた。

　中にいたのは、テーブルの前に座っている石田さんと、仲のいい女の子ふたり。

　正道くんと伊波さんが、奥の席に座っていた。

　石田さん……。心なしか、痩せたように見える。顔色もよくない。

「花恋……！　待っていた。……余計な人間が多い気がするがな」

　後ろにいるみんなを見て、目を細めた正道くん。

「相変わらず失礼な男やな……花恋、俺らは端のほうに座ってるわ」

「あ、ありがとう」

　響くんたちは、見守ってくれるつもりなのか、会議室の端の席に座った。

　天聖さんも、後ろの席に腰かけている。

　私は……そっと、うつむいたまま動かない石田さんたちのもとへ歩み寄る。

　そして、石田さんと向かい合うように、前の席に座った。

　何から、話そう……。

「あの……きょ、今日は来てくれて、ありがとう……」

　まずは応じてくれたことに感謝しないとと思ってそう言えば、石田さんがゆっくりと顔を上げた。

　じっ……と、私を見ている石田さん。

「本当に……あなたがカレンだったなんて……」

　そのセリフから、メガネを外された時はまだ気づかれていなかったんだと知った。

「あ、あたしたちは、この子に命令されて従っただけで……」

　両端の女の子ふたりが、顔を真っ青にしながらそう言った。

　えっ……。

「……っ、あ、あんたたちだって、一ノ瀬が鬱陶しいってずっ

と言ってたじゃない……!!」

「そんなこと言ってないよ!　言ってたのはあんただけじゃん!」

「……っ」

　石田さんは歯を食いしばった後、またうつむいてしまった。

「結局、あたしには何もなかった……」

　石田さん……。

　私は……誰が悪いとか、そんなことが言いたいんじゃなくて……。

　石田さんの顔を覗き込むように、視線を送る。

「あのね、今日は……私が石田さんとどうしても話がしたくて、この場をつくってもらったの……」

「……」

「どうして……石田さんがあんな行動をしたのかが、知りたくて……生徒会のこと以外にも、何か理由があるのかなって……」

　私のことが嫌いだってことはわかっているけど……私が知らない理由もあるのかもしれないなって思ったから。

　石田さんには石田さんの事情があったなら……それを聞きたかった。

　少しの間、沈黙が続いた後、石田さんが口を開いた。

「だ、だって……陸様が……」

　陸くん?

「……は?」

　後ろに座っていた陸くんが、声を出した。

「あなたが来るまで、あたしが一番可愛いって言ってくれ
てたのに……」

　そ、そうだったの……!?

「最近はあなたばっかりかまって……生徒会でも、みんな
に可愛がられてるって聞いて、それで、あたし……もう我
慢できなくて……」

　確かに、陸くんと私は最近仲がいいし、石田さんに誤解
をさせたのかもしれない。

　でも、私と陸くんは友人同士で、嫉妬する必要なんてひ
とつもない。

　それにしても、知らなかったな……。

　一番可愛いって言うってことは……ふたりは付き合って
たんだと思う。

　だって、ただの友達にそんなこと言わないはずだから。

「陸くんと石田さん、付き合ってたんだね」

　命令制度が出てから、私には関わらないようにしていた
石田さんがどうしてこんな暴動に出たのか……ようやく理
解できた。

　きっと石田さんは、まだ陸くんが好きなんだ。

「ち、違う！　違うよ花恋……！」

　陸くんが大きな声を上げながら、立ち上がった。

「あっ……今も付き合ってるってこと？」

「違う!!　俺は誰とも付き合ったことはないから!!」

「え……でも、一番可愛いって言ったんでしょ……？」

　普通、付き合ってもいない子にそんなこと言わないよ
ね……？

　もしそうだとしたら、陸くんは女の子たらしってことに
なっちゃうよっ……。

「それは……ご、誤解なんだ」

　顔を真っ青にして、焦った表情をしている陸くん。

　頭をガシガシとかいた後、陸くんは石田さんのほうを見
た。

「言っておくけど、直接可愛いなんて言ったことはないか
ら。勝手にそう言われたって勘違いしてるだけでしょ……
俺はお前が利用しやすかったから、いいように扱ってただ
けだ」

「……っ」

　そんな……。

「陸くん……ひどいよ……」

　悲しくて、胸が痛んだ。

「えっ……」

「それって、石田さんの気持ちをもてあそんだってことで
しょう……？」

　あんまりだ……。

　女の子の気持ちを踏みにじるなんて……。

　陸くんがそんな人だとは思わなくて、少しだけ不信感を
抱いてしまう。

「そ、それは……」

「ふっ、こいつ墓穴掘りまくりやで」

「まあ、過去の行いを悔やむんだな」

　響くんと蛍くんも、さげすむように陸くんを見ていた。

「陸、もう言い訳はしないほうがいい。さらに墓穴を掘るだけだ。何を言ってもお前が最低という事実はくつがえせない」

　正道くんにも注意され、陸くんは悔しそうに下唇を噛んでいた。

「っ、うう、うっ……」

　うつむいたまま、肩を震わせている石田さん。

　その姿に、また胸が痛む。

　石田さんはただ、陸くんのことが好きだったんだ。

　その感情が、少しゆがんでしまっただけで……。

「石田さんの事情も知らずに……ごめんなさい」

　そう言えば、石田さんがピタッと泣くのを止めた。

「……どうしてあなたが謝るんですか……」

　不思議そうに、顔を上げて私を見た石田さん。

「私、ずっと石田さんのことが気になっていたの……」

「……」

「生徒会も……私があなたの居場所を奪ってしまって、ごめんなさい……」

　まこ先輩や、正道くんや、陸くんにも同じように謝った。

　石田さんには言えていなかったから……ちゃんと謝る機会が欲しかった。

「こんなこと言われるのも嫌かもしれないんだけど……私は、石田さんと……わかりあいたいと思ってて……」

　なんて言えば、伝わるだろう……。

　私が何を言っても、石田さんにとってはイヤミに聞こえ
てしまうのかもしれない。

　けど、私は……。

「あの……つ、つまり……私の友達に、なってくれないか
な……？」

「……は？」

　私の提案に、石田さんは目をぎょっと見開かせた。

誓い

【side 石田】

「言っておくけど、直接可愛いなんて言ったことはないから。勝手にそう言われたって勘違いしてるだけでしょ……俺はお前が利用しやすかったから、いいように扱ってただけだ」

「……っ」

　陸様の言葉に、あたしは歯をくいしばることしかできなかった。

　そんなこと……本当は、わかってた。

　陸様があたしに声をかけるのは、決まって雑用を手伝ってほしい時だったから。

　でも……ほんの少しでも、陸様の恋人になれるならって、淡い期待が残ってた。

　それを粉々に打ち破られて……もう目の前が真っ暗になった。

　あたしは好きな人にも拒否されて……これから、ただ落ちていくしかないんだ。

　星ノ望学園も退学になって……もう、人生もめちゃくちゃだ。

　カレンを敵に回したんだから、まともな人生を歩んでいけるとは思えない。

「陸くん……ひどいよ……」

「えっ……」

　一緒になって笑い者にされると思ったのに、どうしてか
カレンがさげすむような目で陸様のほうを見ていた。

　なんで……。

　──一番あたしを責めるべき人が、どうしてあたしを
かばうんだろう。

「あの……つ、つまり……私の友達に、なってくれないか
な……？」

「……は？」

　カレンの放った言葉に、あたしはあっけにとられた。

　だって……ここに呼び出されたのも、きっと復讐される
んだと思っていたから。

　本当は断りたかったけど、生徒会の命令を断るほどあた
しも落ちぶれちゃいない。

　ほぼ退学が確定して、これからどうしようと考えた時に、
急に呼び出されたんだ。

　一ノ瀬花恋が、あたしに話があるって。

　正直、一ノ瀬があのカレンだなんて思いもしなかった。

　もちろんあたしだってカレンのことは知っていたし、カ
レンは同性にも人気があるアイドルだったから、あたしも
好きだった。

　美しすぎて、嫉妬の対象にすらならなかったから。

　まさか……ずっと地味だとバカにしていた女が、あのカ
レンだったなんて……。

　怒りを通り越して、情けなくなった。

　あのカレンに、敵（かな）うはずがなかったんだ。

　カレンも、自分よりブスなくせにって、あたしのことを見下していたに違いない。

　そうやってひねくれた考え方しかできなかったから……ここに呼び出されたのも、罵詈雑言（ばりぞうごん）を浴びせられるんだろうって覚悟してた。

　なのに……友達？

　あの天下のカレンが……いじめていたあたしと？

　ありえない。そんな聖人がこの世に存在するとは思えなかった。

　きっと、何か別の思惑があるに違いない。

　そう思ったけど、あたしを見るカレンの目が嘘をついているとは思えない。

　どうしてか……必死に訴えかけるような、まなざしに見えた。

「なんで……」

　そんなことが、言えるの？

「い、嫌だよね……！　ご、ごめんなさいっ……！」

「そうじゃなくて……どうして、そんなこと言うんですか？」

　相手があのカレンだとわかっているから、自然と敬語になる。

　そのくらい、カレンは雲の上の人だから。

　あたしみたいな何ももってない奴と、友達になる必要なんてないくらい。

　ていうか、カレンが友達が欲しいって言えば、どんな有名人だって喜んで寄ってくるだろう。

　ますます、カレンの意図がわからない。

「あたし、今まで散々ひどいことしたのに……あなたがカレンだって知らないで……」

「でも私だって、あなたを苦しめていたでしょう？」

　そ、れは……。

　確かに、一ノ瀬が来てからあたしの学園生活はめちゃくちゃになった。

　でも……振り返ってみたら、そうじゃなくて、あたしにはもともと何もなかったんだと思う。

　生徒会だって、1年の上位はLOSTが多いから、あたしがギリギリ入れていただけだし、陸様だって……もとから、あたしのことなんて眼中になかった。

　この両隣にいる、友達だと思ってたふたりだって……あたしのことを簡単に売ったんだから。

　あたしには……もともと何もなかったんだ。

「ちょっと待って花恋。石田は退学予定なんだよ？　命令制度に背いたんだから」

　陸様が、カレンにそう言った。

　その通りだ。あたしと友達になったところで、あたしはもう退学が決まってる。

「このことを知っているのは少数でしょう？　だから、みんなが秘密にしてくれたらいいんだよ……！」

　──え……？

　それって……あたしの退学を、取り下げてくれようとし
てるってこと……？

　……っ、なん、で……。

「そんなのんきな……」

　後ろで見張っている人たちもみんな、一様にため息をつ
いている。

「石田さんたちが退学になるっていうのは、嫌だ……」

　カレンは慰めではなく、本気で心配してくれているのが
表情から伝わってきた。

　両隣のふたりも、カレンの優しさに胸を押さえている。

　あたしも、息が詰まった。

「どんだけお人好しやねん」

「そうだ。こんな危険な女野放しにしておけない」

「違うの。私のせいで誰かが退学になるのが嫌だっていう、
私の偽善だよ」

　偽善だとしても……普通は、許せないはず。

　振り返ってみても、陰湿な嫌がらせばっかりしていた。

　あたしたちが文化祭であんなことをしなければ……マス
コミが騒ぐこともなかった。

　それなのに……。

「あたしのこと……許して、くれるの……？」

　あたしの言葉に、カレンが視線をこっちへ向ける。

「あのね石田さん。私……学校で女の子の友達ができるの
が夢で……」

　ふわりと、微笑んだカレン。

「だから、友達になってくれないかな……？」

　……っ。

　あたしには、何もない。

　好きな人も、友達も、地位も名誉も。

　でも……。

　——あなたの友達に、なりたい……。

「う、うわぁぁああん……！」

　心の底から、今までの行いを悔やんだ。

　こんなに優しい人に……あたしは今まで、なんてことをしたんだろう。

　自分のプライドを守るために、一方的に傷つけた。

　それなのに、こんなあたしを許してくれるなんて……おかしいんじゃないかとすら思う。

「い、石田さん……！」

「ごめんなさい……ごめんなさいっ……」

「謝らないで……私のほうこそごめんなさい」

　カレンが謝る必要なんて一切ないはずなのに、そんな言葉をくれるカレン。

「か、花恋！　陸も言っていたが、友達も何もこいつらの退学はもう決まっているから変えられない……」

「え……」

　会長の言葉に、カレンがショックを受けている。

　退学については……あたしも、仕方がないと思ってる。

　自分の行いのせいだから……受け入れるつもりだ。

「な、なんとかならない……？」

「……ならない」

「正道くん……」

　じっと、お願いするように会長を見ているカレン。

　会長もうろたえていて、うっ……！と言葉を詰まらせて
いる。

「き、危険だ！　花恋に危害を及ぼす可能性のあるものは、
排除したほうがいい」

「でも、仲直りしたんだよ……？」

「だと、しても……」

　あたしのために、そんな説得してくれなくていいの
に……。

　そう思うけど、気持ちは嬉しかった。

　女友達なんて信用できないと思っていたけど……こんな
人もいるんだと驚いた。

「まあ、石田たちは信用ならんけど、陸も会長も危害を"加
えてた"側やったしなぁ～」

「ぐうううッ……！」

　ついに、唸り始めた会長。

「天聖さん……退学の取り消しは、できませんか……？」

　カレンは今度は、長王院様を見てそう言った。

「……お前がそう言うなら、俺のほうから頼んでおく」

　え……？

　あっさりと承諾した長王院様に、あたしのほうが驚いて
しまう。

　長王院様がカレンのことを溺愛しているのは校内中の人

間が知っていたから……この人に許されるとは思わなかった。

「天聖さん……！」

カレンは目を輝かせて、長王院様を見ている。

「大好きですっ……」

カレンの言葉に、長王院様はわかりやすくうろたえていた。

この人も、こんな顔をするんだ……って、驚いてる場合じゃない……。

あたし……退学しなくて、いいの……？

「ま、まままま待ってくれ花恋……!!　僕が手続きをする……!!　というか、お前は何をいいとこ取りしようとしているんだ……!!」

会長が騒いでいるけど、そんなことはどうでもよかった。

「いいんですか……？」

恐る恐るそう聞けば、カレンはまた、優しい微笑みを浮かべてくれる。

「友達だからっ……」

とも、だち……。

あたし、本当にカレンと友達になったの……？

「ありがとう、ございます……」

「あ、あの、お礼なんていらないよ……！　それに、友達だから……た、タメ口のほうが嬉しいな」

照れくさそうに、そう言ったカレン。

あたしなんかと友達になっただけなのに、喜んでくれて

いる姿に……胸が熱くなった。

　偽りばっかりだった、あたしの世界。

　その世界に——一筋の希望が差し込んだ気がした。

「私のことも……花恋って呼んでほしい。私も、芽衣（めい）ちゃ
んって呼んでいい……？」

　え……。あたしの名前、知っててくれたの……？

　……うれ、しい。

「う、うん……！」

「やったっ……！」

　本当に嬉しそうに、笑顔を浮かべたカレン。

　さっきまでこの世の終わりだと思っていた、あたしの
真っ暗だった世界が……新しく生まれた希望によって照ら
された。

　あたし……これからは、生まれ変わる。

　カレンの……ううん、花恋の友達だって、胸を張って言
いたいから。

とんでもない奴

【side 蛍】

「あ、あのっ……」

「あ、あたしたちも、ひどいことしてごめんなさい……よかったら、あたしたちとも……」

「もちろん……！　同じクラスに、女の子の友達がたくさんできてうれしいっ……」

「あ、ありがとう…… !! 」

「ふん！　あたしはこのふたりとは、もうつるめないわ！」

「芽衣ちゃん、そんなこと言わずにっ……みんなで仲良くしよう？　ふたりもさっきはとっさに言っちゃっただけだよね」

「はい……」

「ごめんね、芽衣……」

「まあ、花恋がそう言うなら……」

　さっきから目の前で繰り広げられている花恋と石田と石田の友達との会話を、俺は呆然と聞いていた。

　俺だけじゃなく、長王院さん以外の男が全員唖然としている。

　ありえない……。

　まさか、あの石田たちまで手懐けるとはな……。

　こいつ……天性の人たらしというか……ここまでくると怖いな、ははっ……。

　おかしすぎて、いっそ笑えてきた。

　石田もすっかり毒気を抜かれたみたいだし、あとのふたりも、花恋に刃向かう度胸はないだろう。

「はぁ……これでよかったのか……」

「花恋さんなら大丈夫ですよ、きっと」

　会長と、その付き人が話している。

「花恋、あんまり気を許しすぎないようにね」

　石田たちを警戒するように、忠告した陸。

　花恋は何やら、ちらりと陸を見てから困ったように眉をハの字にした。

「り、陸くんも……もう女の子をたぶらかすようなことはやめてね……？」

「ふはっ……」

　俺の隣にいる響が、耐えきれずに笑っている。

　俺も、笑いをこらえるのに必死だった。

　陸はというと、ショックを受けたように固まっていた。

　こいつのイメージも地に落ちたな……。

　陸が男女問わずクラスメイトを召使いのように使っていたのは俺も知っていたし、自業自得だ。

「花恋」

　長王院さんに呼ばれて、駆け寄っていった花恋。

「お前のせいだぞ石田……」

　陸は逆恨みをするように、石田を睨んでいた。

「ふんっ、陸様なんてもう興味ないんだから。今日からは花恋の一番の座を狙うライバルよ」

　こいつも……陸並みに切り替えが早い女だな。

　この前まで、花恋を恨みに恨んでいたとは思えない。

「はっ……ずいぶんと手のひらを返すのが早いな」

　陸が鼻で笑っているけど、どう考えてもお前が言える立場じゃない。

　花恋が長王院さんのもとから戻ってきて、石田と陸を見ながら首を傾げた。

「ふたりとも、何を話してたの？」

「花恋……陸様がまだあたしのことを責めてくるのっ……」

　泣きまねをするように、目頭を押さえた石田。

　……女、こっわ……。

「え……！」

「ち、違う……！　お前……っ」

　陸もさすがに怒りを抑えられなかったのか、石田を見ながら歯を食いしばっている。

「睨んでくる……！　怖い……！」

　石田……前からわかってはいたけど、こいつはやばい人間だ。

　こんなのが花恋の女友達なんて……いいのか……？

　悪い影響を与えるんじゃないかと、早々に心配になる。

「陸くん、女の子をいじめちゃダメだよ……！」

　花恋はまんまと石田に騙され、石田をかばうように抱きしめていた。

　花恋に抱きしめられ、ぼっと顔を赤くしている石田は、勝ち誇った顔で陸を見ている。

「花恋、そいつは演技してるだけだよ！　俺はいじめてなんていないから……！」

「……ご、ごめんね、今は陸くんの言うこと、信用できない……」

「……えっ……」

　初めて、陸がかわいそうに思えた瞬間だった。

「ねえ花恋」

「どうしたの芽衣ちゃん」

「よかったら今度、あたしの部屋でお茶会をしない？　今までのおわびもかねて……おもてなしさせてほしいの」

「お茶会……！」

　石田の言葉に、目を輝かせた花恋。

「もちろん、女子会もかねて女の子だけでしましょう」

「女子会……！」

　こいつ、チョロすぎるだろ……。

「花恋、惑わされないで……！！」

　陸が必死に叫んでいるけど、陸の声はもう花恋に届いちゃいない。

「したい……！　私、そういうの夢だったの……！」

「ふふっ、約束！　美味しいスイーツと紅茶をたんまり用意するわねっ」

　前から女友達を切実に欲していたから……できたらいいなとは思っていたが、そうじゃない……と心の中で呟いた。

　まあ、石田は同じクラスだし、これからも俺たちが見張っていればいいか……。

「花恋、そろそろ帰るぞ」

　長王院さんが、そう言って立ち上がった。

「え、でも、生徒会が……」

「まだ花恋は復帰しなくて平気だよ。今日は久しぶりの登校だったんだし、帰ってゆっくり休んで」

　会長が、花恋限定の優しい声でそう言っている。

「こいつと帰らせるのは気に入らないけど……」

　ちゃっかり長王院さんを睨んでいるけど、長王院さんも相変わらずまったく相手にしていない。

「ありがとう正道くん！」

「あ、ああ……！」

　花恋に感謝されて、あからさまに嬉しそうな会長。知れば知るほど、こいつのイメージが変わっていく。

　この前まではまだオーラがあって、会長としての威厳はあったけど……今ではただの熱狂的なオタクにしか見えない。

　石田たちや俺たちにもお礼を言ってから、花恋は長王院さんと会議室を出て行った。

　久しぶりに花恋に会えて、今日はよかったけど……怒涛の１日だったな。

　会長は花恋がいなくなった後、そっと石田たちに近づいた。

「いいか、これからもお前たちが星ノ望学園に通えるのは、他でもない花恋のおかげだ」

　石田たちを見下ろしながら、冷めた目で淡々と口にして

いる。

　ああ、そうそう……こいつはいっつもこういう顔をしてた。

　本来のイメージはこっちだよな……。氷の生徒会長って言われてたくらいだし。

「花恋の信頼を裏切るようなまねはするなよ。もしまた花恋に危害を加えたら……」

　さっき以上に目を細め、その身に怒りを宿している会長。

「その時は、お前たちの家族ごと、人生をめちゃくちゃにしてやるからな」

　正直、ゾッとした。

　さっき花恋の前でデレデレしていたこいつの面影もないくらい、恐ろしく見えた。

　石田たちも、ごくりと喉を鳴らしている。

「……今日は寮に帰れ。今後の手続きについては追って連絡を入れる」

　それだけを言い残し、付き人と会議室を出ていった会長。

　花恋も、とんでもない人間ばっかりに好かれてるな……。

「ちっ……このまま退学になっておけばよかったのに……」

　陸はさっきのことを根に持っているのか、ギリギリと歯を食いしばっている。

「ふふっ、哀れですわね陸様」

　さっきは会長を前に怯えた表情をしていた石田も、もう緊張は解けたのか、いつもの得意満面な顔をしていた。

「もうあなたは不要よ。これからはあたしが花恋の友人と

して見守りますから」

　おーほっほっほっ！と高笑いしている石田に、「いつの時代の悪役やねん……」と響が突っ込んでいる。

「今日のところは失礼いたします」

　石田とその取り巻きも、軽い足取りで教室を出て行った。

　バタンとドアが閉まる音と同時に、机を叩く大きな音が響く。

　陸が机を叩き壊した音らしく、机にはヒビが入っていた。

「はぁ……久しぶりに殺意が湧いたよ、はは……」

　笑っているけど、目がまったく笑ってない陸。

　いつも外面だけは保ってる陸が、こんな殺人鬼みたいな目をしているのは初めて見た。

「お前、怒りが隠しきれてへんぞ」

「ははっ……全然怒ってなんていないけど……」

「思いっきりものに当たってるやろ……」

　なんか……前以上に、騒がしくなりそうだな……。

　ため息をつきたくなったけど、花恋が無事に学園に戻ってこれたからいいかと自己完結した。

　あいつがいれば……もうそれだけでいいか。

ふたりの時間

　石田さん……あらため、芽衣ちゃんと友達になれて、よかったっ……。

　私はルンルン気分で、家に帰るため天聖さんの隣を歩いていた。

　退学の件も天聖さんがなんとかしてくれるって言ってくれたし……こんなに丸く収まって、本当によかったっ……。

「天聖さん……みんなのこと、ありがとうございます」

「ああ」

　お礼を言うと、天聖さんは私を見てふっと笑う。

「……ご機嫌だな」

「はいっ……学校で女の子の友達をつくるのが夢だったんですっ……！」

「そうか」

　いつものように、優しく頭を撫でてくれた天聖さん。

「お前が嬉しいなら、それでいい」

　天聖さんは多分……頭を撫でるのが癖なんだと思う。

　私も……天聖さんに頭を撫でられるのは好き。

　すごく……安心する。

「天聖さんはいつもそうやって、見守っていてくれましたよね」

　私の言葉に、天聖さんは「ん？」と小首を傾げた。

「ああしろこうしろって言わないで……私のしたいように

していいって、いつも……」

　芽衣ちゃんたちのことも、他のみんなにはやめておけって何度も注意された。

　もちろん、心配して言ってくれてるのはわかってるけど……。

　天聖さんはいつもこういう時、ダメだって言わない。

　お前がしたいならって言って……私のしたいようにさせてくれる。

　これって……すごい愛なんじゃないのかなって、うぬぼれのようなことを思った。

「……そうか？　結構、口うるさくなってる自覚はある」

「そんなこと思ったことないです」

「そう言ってくれるお前の懐が深いだけじゃないか」

「天聖さんが優しいんです！」

　私じゃない。

　天聖さんが、月みたいに見守っていてくれたから。

「……可愛いな」

　なっ……！

　一体突然何を言い出すのか、天聖さんの言葉に顔がぼぼっと熱くなる。

「きゅ、急には……心臓に悪いですっ……」

　そう言ってもらえるのはもちろん、嬉しい、けど……天聖さんに言われると、心臓がっ……。

　顔の熱を冷まそうと手であおいでいると、天聖さんが不思議そうに私を見ていることに気づいた。

「天聖さん……？　どうして不思議そうな顔してるんですか？」

　まるで、こんなことで照れるのかとでも言いたげな表情。

　不思議で首を傾げると、天聖さんは「いや……」と言いにくそうに口を開いた。

「……アイドルだったっていう過去もあるし、言われ慣れてるだろ？」

　あ……なるほど。

　確かに、ファンの人はみんな、いつも可愛いという言葉をくれた。

　アイドルって、そういう職業だと思うし、仕事相手の人に言われる可愛いはお世辞だと思っていたし、いつも笑顔で対応していた。

　私もできるだけ可愛くなれるように努力はしていたつもりだけど……だからといって、自分のことは特別可愛いとは思っていないし、言われ慣れてるなんてこともない。

　それに、何より……。

「好きな人に言われるのはまた、違います……」

　ほかでもない、大好きな天聖さんからの「可愛い」だから、こんなに恥ずかしくて……嬉しいんだ。

　天聖さんの趣味が変わってて、よかったなって心の底から思う。

　たくさん可愛いって思ってもらいたいから……私もできる限り努力しようって思わせてくれる。

「……なんだそれ」

　天聖さんは私の言葉に、なぜか眉をひそめた。

「どこまで可愛ければ気がすむんだ」

　……っ!?

　や、やっぱり、天聖さんの可愛いの基準がわからないっ……。

　せっかく引いた熱が、またぶり返す。

「……なあ」

「は、はい?」

　天聖さんは何か言いたいのか、じっと私のほうを見た。

「つるむ奴が、どれだけ増えても……」

　私もじっと、天聖さんの言葉に耳を澄ます。

「……俺との時間も、作ってくれ」

　えっ……?

　驚いて天聖さんを見ると、ふいっと視線を逸らされた。

　照れているのか、レアな天聖さんの姿に母性本能がくすぐられてしまう。

　か、可愛いっ……。

　もしかして……私が芽衣ちゃんたちと友達になったから一緒にいる時間が減るんじゃないかって、心配してるの、かな……?

「そんなの、当たり前です……!」

　天聖さんが可愛くて、愛おしさが溢れた。

「私だって、天聖さんといられる時間は特別です……」

　そう伝えて、ぎゅっと手を握る。

　どれだけ友達が増えても……天聖さんといる時間は、私

にとって必須。

　天聖さんとの時間を……一番大事にしたい。

　私の返事に、天聖さんが嬉しそうに微笑んだ。

　また、胸がきゅんと高鳴る。

　うっ……ここが帰り道じゃなかったら……。

「天聖さん、早く帰りましょう」

「ん？」

「家に帰って……早くぎゅってしたいです……」

　今すぐ、天聖さんをぎゅっとしたくなった。

　でも、ここは人目もあるし……婚約者だって公表したとはいえ、まだまだマスコミの人も警戒しなきゃいけない。

　そう思っていると、天聖さんに腕を引かれた。

　そのまま、人目から逃げるように近くの路地裏に連れ込まれる。

　そして、ぎゅっと強く抱きしめられた。

「……待てなかった。悪い」

　心臓が、ドキドキと騒ぎだす。

「今日は帰ったら……ふたりの時間にしたいです」

　甘えるように、天聖さんの胸に頭を預けた。

「今日も泊まるか？」

「はいっ……」

　もう一度手を繋いで、ふたりで帰路を歩く。

　ただの帰り道なのに、天聖さんが隣にいるだけで……とても幸せに思えた。

女友達

　次の日。私は朝から生徒会室の前に立っていた。

　まだ当分休んでいいって言ってもらったけど……たくさん休んでしまったから、私も早く復帰したい。

　天聖さんと別れて、生徒会室に入る。

「おはようございます！」

　みんなが、一斉に私のほうを見た。

　昨日は会えなかった役員さんたちの姿もあって、みんな私を見ながら目を見開いている。

　しーんと静まり返った空気に戸惑っていると、絹世くんが笑顔で走ってきてくれた。

「花恋……！　おはよう……！」

　絹世くんの笑顔は今日も、天使みたいだ。

「おはよう絹世くん！」

「カ、カカカ、カレン……まだ生徒会の仕事は休んでくれていいんだよ……!?」

　正道くんは私が来ると思っていなかったのか、あたふたしていた。

「いえ！　たくさん休ませてもらったので、そろそろ働かせてください……！」

　そう言えば、正道くんは微笑み返してくれた。

「おはよう、花恋」

　まこ先輩も歩み寄ってきてくれて、頭をぽんっと優しく

叩かれる。

「花恋が来ないなら俺も休もうと思ってたから、戻ってきてくれてよかったよ」

り、陸くんは相変わらず……あはは……。

他の役員さんたちのほうを向いて、頭を下げる。

「長い間休んですみませんでした……！　これからも、よろしくお願いします……！」

私が元アイドルのカレンだってことはバレているだろうし、他の役員さんたちにも迷惑をかけただろうから、謝っておきたかった。

「い、いやいやいや……！　謝らないでください……！こ、ここ、こちらこそよろしくお願いします……！」

一様に首を横に振って、気を使ってくれる役員さんたち。

みんなの優しさに救われて、許してもらえたことにほっと安心した。

「ありがとうございます」

笑顔を向けると、なぜか一斉に顔を赤らめた役員さんたち。

あれ……？

「おいそこ！！　デレデレするな！！」

「会長、ブーメランですけどそれ」

正道くんに陸くんがそんな突っ込みを入れている。

「早く仕事に戻れ！」

「「「は、はい会長……！」」」

怯えた表情で、仕事を再開した役員さんたち。

　私も、たまっている自分の仕事を片付けよう……！

　休んでいた分の仕事や先に終わらせたほうがいい仕事を確認してから、自分の席に座る。

「ふわぁ……」

　隣に座っている絹世くんのあくびが聞こえて、首を傾げた。

「絹世くん、寝不足？」

「あっ……き、昨日、花恋が戻ってきてくれたのが嬉しくて……な、なんだか眠れなかったんだ……！」

　そんな可愛いことを言ってくれる絹世くんに、口元が緩んだ。

「ふふっ、ありがとう。無理しないでね」

「し、心配してくれてありがとう!!　だけど、もともと不眠気味だから慣れっこだよ！」

　不眠気味……？

「そうなの……？　それはもっと心配だよっ……」

　確かに、絹世くんはいつも隈を作っていたけど……体質的なものだと思ってた。

　不眠に悩まされてたなんて……。どうにかならないかな……。

「抱き枕とかおすすめだよ。あっ……そういえば私の最近の抱き枕はごぼちゃんなの」

「え？」

「絹世くんがこの前とってくれたごぼちゃん！　いつも抱きしめて眠ってるよ」

　ゲームセンターでプレゼントしてもらったごぼちゃん
は、私の宝物。

　枕元に置いていて、寝るときはごぼちゃんをぎゅっと抱
きしめてる。

　大きいから安心感もあって、もう手放せない。

「えっ……!?!?」

　どうしてか、大きな声を上げた絹世くん。

「カ、 カカカ、カレンが僕があげたものをだ、だだだ、抱
きしめてっ……」

「き、絹世くん?」

　ひどく取り乱している絹世くんの姿に、私も戸惑ってし
まった。

「ハッ……ご、ごめんね、まだ実感が湧いてないというか、
僕の大好きな花恋がカレンで、その、あの……」

「お、落ち着いて……!」

　そうだよね……急に受け入れてって言われても難しいよ
ね……。

　喜んではくれているみたいだから、いいのかな……あは
は……。

「おい、ごぼちゃんってなんだ」

　絹世くんをなだめていると、まこ先輩に声をかけられた。

　気のせいか、いつもより声が低い。

「私が大好きなごぼうのキャラクターです!　この前絹世
くんとゲームセンターに行った時、取ってもらったんで
す!」

「カレンを、ゲームセンターに連れて行っただと……!?」

　今度は正道くんの低い声が聞こえて視線を移した。

　よく見ると、なぜかみんなが絹世くんを睨んでいる。

　どこに怒る要素があるのかわからなくて、頭の上にいくつものはてなマークが浮かんだ。

「花恋……こいつからもらったぬいぐるみを抱きしめて寝てるの……？」

　陸くんまで怖い顔……。

「うんっ。……って、子供っぽいよね……」

　もう高校生なのに、ぬいぐるみを抱きしめて眠ってるなんて、恥ずかしいかもしれない……。

「カレン！　僕が改めて抱き枕をプレゼントするよ……！　最高級のものを……！　だから、他の男からもらったものを抱きしめて寝ないで……！」

「え……？」

　ま、正道くん？

「いや、俺が贈ります。俺は寝具にはこだわりがあるからな、花恋に最適なものをプレゼントしてやる」

「武蔵先輩のプレゼントって、なんか古臭そうですね。花恋、俺があげるから安心して」

　まこ先輩と陸くんまで張り合うように名乗りを上げていて、ますますはてなマークが増えていく。

「花恋さんが困っているので、皆さん落ち着いてください。私でよければ、いつでも寝具の相談に乗りますので」

　いつも突っ込みをいれてくれるはずの伊波さんまでおか

しなことを言い始めて、さすがに焦りを覚えた。

「ダメダメダメ!! 花恋、これからもごぼちゃん使ってね……?」

　可愛く見つめてくる絹世くんに、笑顔で頷く。

「うん! みんなの気持ちだけもらっておきますね……!」

　そう言うと、他のみんなは悔しそうに歯を食いしばっていた。

「くそぉ……!」

　みんな、そこまで抱き枕にこだわりがあるのかな……。

「えへへ……花恋が近くにいてくれて、僕、今本当に幸せだなぁ……」

　言葉通り、幸せそうに微笑んでいる絹世くん。

　その姿に、胸がきゅっと締め付けられた。

「絹世くん……ずっと黙ってたのに、私のこと責めないでくれてありがとう……」

　怒るどころか、私がいることが幸せなんて言ってくれる絹世くん。

　絹世くんは見た目だけじゃなくて、心も綺麗な人だなと改めて思う。

「この前も言ったけど、そんなの気にしないで……!」

「私、絹世くんの優しさにすごく救われた。それに、現役時代の時も……いつもファンレターくれて、ありがとうっ」

　ずっと言いたかったことを伝えると、絹世くんはこれでもかと大きく目を見開かせた。

「ええっ……! 読んでくれてたの……!?」

　届いてないと思ってたのかな……？
「もちろんっ」
　ファンの人からいただいた手紙は、全部読んでる。
　今でも全部家で保管しているし、私がアイドル活動を頑張る上で、ファンレターは元気の源だった。
「ずっと会ってみたかったの、羽白絹世さんと。こんなに素敵な人で、すごく嬉しかった」
　想像通り、優しくて元気いっぱいで……絹世くんの存在に、いつも癒されてる。
「そ、そそそ、そんなっ……」
「これからも、仲良くしてね」
　笑顔でそう言うと、絹世くんは顔を真っ赤にした。
「こ、こちらこそ……!!　今も昔も、花恋のことを一番愛してるのは僕だよ……!!!」
　大きな声で伝えてくれる絹世くんに、もう一度「ありがとう」と伝えた。
「うるさいぞ!!　それに、一番は俺だ!!」
　絹世くんに負けじと、大きな声を出した正道くん。
「あっ……い、いや、これは、その……」
　言ってすぐ、顔を真っ赤にして慌てていた。
　私がカレンだってことはもうみんなにバレてしまったけど……正道くんの吹っ切れように、他の役員さんたちも驚いている。
「何言ってるんですか、俺に決まってるでしょ」
「……ふん、お前たちと一緒にするな」

「私だと思いますが」

　陸くん、まこ先輩、伊波さんまで立ち上がって、こっちを見ていた。

「ふふっ」

「ど、どうしたのカレン？」

　こらえきれずに笑った私を見て、絹世くんがこくんと首を傾げてる。

「ううん。いつもの生徒会で、安心して……」

　みんなのほうを見て、満面の笑みを浮かべた。

「私も、生徒会が好きです」

　みんなに負けないくらい……！

「……僕たちが好きなのは生徒会じゃないけど……まあ、いっか」

　正道くんがはははっと笑って、他のみんなも穏やかな表情を浮かべていた。

「響くん、蛍くん、おはよう！」

　生徒会が終わって、陸くんと教室に戻った。

　登校してきていたふたりに挨拶をして、席に座る。

「お～！　早速生徒会行ってきたんか？」

「うん！」

「休んどけばいいのに」

　蛍くんは相変わらず生徒会が嫌いなのか、嫌そうな顔をしていた。

「朝から花恋のこと独占して、ごめんね」

「FSの仕事だから、仕方ないだろ。LOSTとは望んで一緒にいるけど、生徒会は"強制"だもんな」

　ばちばちと火花を散らしあっている蛍くんと陸くん。

「あ、あの……！」

　あれ……？

　声をかけられた気がして振り返ると、そこには芽衣ちゃんの姿があった。

　立ち上がって、急いで芽衣ちゃんに駆け寄る。

「芽衣ちゃん……！　おはよう！」

　もう退学処分も取り下げてもらえたのか、教室で再び芽衣ちゃんと会えたことが嬉しかった。

「お、おはよう……！」

　芽衣ちゃんは私を見て、感極まったみたいに目を潤ませている。

　泣きそうな芽衣ちゃんに、心配で顔を覗き込んだ。

「だ、大丈夫っ……？」

「嬉しくて……昨日のこと、夢だと思ってたから……」

　昨日のことって、仲直りしたこと……？

「これから……クラスでも、仲良くしてくれると嬉しいっ……」

「あたしのほうこそ……！」

　そう伝えると、芽衣ちゃんは微笑んで、大きく頷いてくれた。

「なあ、見ろよ……石田さんと一ノ瀬さんが話してるぞ……」

「石田さんたちって、退学になるんじゃなかったっけ……？」

　クラスのみんなが、私たちを見てこそこそ話してる。

　どこまで知られてるのかわからないけど、今まで関わりがなかった私と芽衣ちゃんが話していたら、みんなが不審がるのも無理はない……。

「あ、あの……」

　今度は、芽衣ちゃんと仲がよかったふたりが歩み寄ってきてくれた。

　気まずそうに、私を見ているふたり。

　芽衣ちゃんは昨日のことを根にもっているのか、ふたりからふん！と顔を背けた。

「みんな、おはよう……！」

　挨拶をすると、ふたりともぱあっと顔を明るくさせて、「おはようございます……！」と返事をしてくれる。

「えへへ……みんな揃った……嬉しい！」

　天聖さんと正道くんにも、改めてお礼を言わなきゃっ……。

　喜んでいる私のそばで、どうしてかまた目を潤ませている芽衣ちゃん。

　他のふたりも、涙を流していた。

　え、ええ……!?

「ど、どうして泣くの……!?」

　みんなが泣き出したことに困惑して、おろおろしてしまう。

「眩しくてっ……」

　眩しい……？

　一体なんのことか、私にはさっぱりわからなかった。

　朝のHRが終わり、次の授業が始まるまでの休み時間。
　先生が教室から出て行ったのを見計らって、私は立ち上がった。
「あの……！」
　みんな驚いて、一斉に私のほうを見た。
　響くんたちも、「どうした？」と言って心配そうにこっちを見ていた。
　私には……クラスのみんなに、謝らなきゃいけないことが残ってる。
　みんなのほうを見て、深く頭を下げた。
「文化祭の舞台……台無しにしてしまって、ごめんなさい……」
　あの日からずっと……そのことが気がかりだったんだ。
　みんなの思い出を、台無しにしてしまったこと……。
「謝るのが遅くなってしまったんですけど……みんな一生懸命練習したのに……私のせいで本当にごめんなさい……」
　何度謝ったって、文化祭はやり直せない。
　でも、謝らないまま何事もなかったみたいに、みんなと同じ教室にいることはできなかった。
「ちがっ……わ、悪いのはあたしたちで……！」
　芽衣ちゃんたちが、勢いよく立ち上がった。
「い、一ノ瀬さん……！　みんな怒ってないですから……！」

　他のクラスメイトたちも、次々に立ち上がって声をかけてくれる。

「そ、そうそう……！　謝らないでください……！」

「それに、謝るのは俺たちのほうっていうか……」

　え……？

「編入してきたばかりの頃……みんなで一ノ瀬さんに嫌がらせして、いじめまがいなことして……本当にすみませんでした……」

「俺も……！」

「あたしも……！」

「すみませんでした……！」

　みんな……。

　私が謝る立場だったのに、みんなまで頭を下げ始めた。

「私のほうこそ、そんなこと怒ってないから謝らないでほしいです……！」

「いや、謝らせてください……！」

　予想外の方向に話が進んで、困惑してしまう。

　本当に、そんな前のこと少しも根にもってないのに……。

「どっちも折れへんかったら一生続くでこれ」

　苦笑いを浮かべながら、響くんが私の肩を叩く。

「花恋、文化祭のことはほんまに誰も怒ってへんから気にせんでいい」

「……」

　本当に、いいのかな……。

「納得できないって顔だな」

　蛍くんは私を見て、はぁ……と呆れた様子でため息をついている。
「ま、それやったらおあいこってことでええやん」
「花恋は圧倒的被害者だけどな」
　ふたりとも……。
　もっと怒ってくれていいのに、誰も文句を言ってこない。
　それどころか、クラスメイトのみんなは私を見て笑顔を浮かべていた。
　胸の奥からこみ上げてくるものがあって、ぐっと涙をこらえた。
「これからも……クラスメイトとして、みんなと一緒に過ごさせてもらえると嬉しいです……」
　1年A組の一員として、認めてもらえるように、頑張りたい……。
「も、もちろん……！」
「こちらこそっていうか……」
「よ、よろしくお願いします……！」
　優しいクラスメイトたちに、こらえていた涙がすっと溢れた。
　すぐに指先で拭って、笑顔を返す。
「ありがとうっ……」
「「「……っ!?」」」
　みんながこっちを見て、一斉に顔を赤らめた。
「はぁ……生徒会役員といい、クラスメイトといい……邪魔が多いな……」

　ずっと黙っていた陸くんが、ぼそっと呟いている。

「お前ら!!　ころっとやられてんちゃうぞ!!」

　響くんは大きな声で、クラスメイトたちを怒っていた。

「お前も、あんまり愛想振りまくな」

「え……ご、ごめんなさい……?」

　蛍くんに叱られ、とりあえず謝ったけどどうして怒られているのかわからない。

「男って単純な奴ばっか……まあ、花恋の可愛さなら仕方ない……」

　芽衣ちゃんまで……。

　……ふふっ、でもクラスのみんなが許してくれて、よかった……。

　ようやくクラスのみんなとも少し仲良くなれた気がして、とても嬉しい気持になった。

29th STAR
迫られる決断

入寮？

　登校を再開してから、１週間が経った。

『花恋、最近はどう？』

　休日の日曜日、社長から電話がかかってきて話をしていた。

「マスコミの人たちも見かけませんし、今まで通り学校にも通えてます！」

　その言葉通り、驚くほど平和な日々を送っている。

　登下校中も街であとをつけられることもなく、学校にもマスコミは来ていない。

　生徒から直接何か聞かれることもないし……天聖さんやみんなのおかげで学園生活を謳歌できていた。

　それと……。

「社長のおかげです……！」

　芸能関係者やマスコミに対して社長が対応してくれたから、今こうやって以前と同じように過ごすことができている。

『そう。楽しそうで安心したわ』

　社長も喜んでくれているのがわかって、私も嬉しくなった。

　たくさん心配をかけたから……社長には少しでも安心してもらいたい。

『ひとつ提案があるんだけど……』

　提案？

『花恋、寮生活に変えたほうがいいんじゃない？』

「えっ……？」

　突然の提案に驚いて、あっけにとられた。

　寮生活に？

『他の生徒には、カレンだってこともバレてるんだし……
寮生活なら、変装も必要ないんじゃないかと思って』

　確かに……社長の言っていることは一理ある。

　今は登下校で外を歩くから、念のためまだ変装はしてい
るけど、寮生活なら変装をする必要もなくなる。

　もともと、寮でも変装を続けるのが大変だからっていう
理由でマンションから通わせてもらっていたし……カレン
だとバレた今、マンションから通学する理由はない。

　それに、寮のほうがきっと通学も楽だと思う。

　私の時間に合わせて、天聖さんについてきてもらう必要
もなくなる。

　あっ……でも……寮に住んだら、天聖さんと今みたいに
過ごせなくなっちゃうんだ……。

　私は生徒会寮に入ることになるから、私の部屋には天聖
さんは入れない。

　今みたいに、隣同士で家を行き来することもできなくな
るんだ。

　せめて、寮で同じ棟とかだったらよかったけど……天聖
さんはマンション暮らしだろうし、一緒にいられる時間も
格段に減ってしまう。

　それは、嫌だ……。

　でも……社長からしても私が寮に入ったほうが、安心だろうな……。

「か、考えてみます……！」

　どうしよう……。

　一旦返事は保留して、社長との電話を切った。

　ベッドに横になりながら、うーんと頭を悩ませる。

　寮生活かぁ……憧れはあるし、私もできるならこの変装生活を終わらせたい。

　カラコンはたまに痛くなるし、メガネと前髪も邪魔だから……変装なしで通えるのはすごく魅力的だった。

　ただ……天聖さんとのことがあるから、即決はできない。

　今は、ほとんど毎日天聖さんと家を行き来して、ふたりの時間を過ごしている。

　天聖さんとの時間は一日で一番大事な時間だし、一緒にいられる時間が減るのは嫌だ……。

　寮に入ったらこんなふうに過ごせなくなるのは確実で……。

　天聖さんとのことを考えるなら……寮には入りたくない……。けど、社長や家族を安心させられるなら、寮のほうが……。

　悩めば悩むほど、ぐるぐると同じところにばかり行き着いてしまう。

　天聖さんは、寮に入る予定とかないのかな……。

　……ない、よね。寮は嫌だって言っていたし……。

　もし天聖さんと同じ寮に入れるなら、喜んで寮生活にするんだけど……。

　一度、天聖さんに相談してみようかな……。

　そう思ったけど、すぐに首を横に振った。

　私がそんなことを聞いたら、一緒に寮生活にしましょうってお願いしてるみたいだ。

　それに……お願いしたらきっと、天聖さんは本当に入寮してくれそうだからなおさら言えない。

　天聖さんには相談せず、じっくりひとりで考えてみよう。

「花恋さん、浮かない顔をしてどうしたんですか?」

「あっ……伊波さん……」

　顔に出ていたのか、伊波さんが心配した様子でそう聞いてくれた。

　伊波さんも、寮生活だよね。

　生徒会寮に入っているし……少し相談してみようかな……。

「実は……寮に入ろうかと悩んでいて……」

「え?」

　私の言葉に、大きく目を見開かせた伊波さん。

「「「「え!?」」」」

　そして、なぜか周りから同じような声が上がった。

　その声は、絹世くんと陸くんとまこ先輩と、正道くんのものだった。

　みんなのほうに振り向くと、一斉にこっちを見て目を輝

かせていた。

「花恋、寮に入るの……!?」

　絹世くんが駆け寄ってきて、私の肩を掴んだ。

「ま、まだ決まったわけじゃないよ……!　考えているだけで……!」

「絶対に寮生活にしたほうがいいよ!!」

「ああ!　通学の手間もなくなる。それに、生徒会寮は設備も整っているからな」

　陸くんとまこ先輩も珍しく強い口調で、思わず苦笑いを返す。

「ぜっったいに寮生活がいい!!　セキュリティの面でもより快適な学園生活を送るためにも、寮に入ったほうがいい!!」

　ま、正道くんまでっ……。

「そ、そっかっ……」

　みんな、寮生活に絶対の信頼を置いてるんだね……。

　そうだよね、セキュリティ面でも、星ノ望学園はしっかりしてるって聞くし……。

　うーん……ますます悩んでしまう……。

「花恋が入寮してくれたら、うちの生徒会寮も楽園になるよ～!」

　絹世くんが、嬉しそうに頬を緩ませている。

　そういえば……生徒会の寮だけが分かれてるのかな?

　響くんの寮にお邪魔したことはあるけど、寮の種類があるのかまでは聞いてなかった。

「あの、LOSTのみんながいる寮は、通常寮なの？」

「いや、LS生専用の棟があるんだ！　一般寮とはまた別だよ」

　絹世くんが笑顔で答えてくれて、「そっか……」と呟く。

　LOSTにも専用寮があるんだ……。

「花恋は生徒会寮だから、関係ないけどね」

　陸くんが、ふっと鼻で笑った。

「あはは……でも、今住んでいるところもそこまで離れてるわけじゃないし……このままでもいいかなとは思ってるんだけど……」

「いいや！　入寮するべきだ！」

　声を大にしている正道くんに、戸惑ってしまう。

　こ、こんなに勧められるとは思わなかった……。

「そうだよ花恋……！　僕たちとずーっと一緒にいれるよ！　パジャマパーティーしようよ！」

　パジャマパーティー……！　それは楽しそう……！

　絹世くんの提案に心が揺らぎそうになったけど、しっかり考えて決めなきゃ……！と我に返った。

　寮生活、ますます悩むなぁ……。

148

私だけ

　来る日も来る日も、寮生活のことを考えていた私。

　でも、ひとりで考えても答えは出なくて、やっぱり天聖さんに相談しようかなと考え始めていた。

　天聖さんに相談したら……なんて言うだろう……。

　天聖さんは、私が寮に入ること、嫌がるかな……？

「ねえ花恋」

　天聖さんをはじめ、LOSTのみんなでいつものようにお昼ご飯を食べていた時、仁さんに声をかけられた。

「入寮を考えてるって……ほんと？」

「え!?」

　ど、どうして仁さんがそのことを知ってるの……!?

　驚いて、持っていたお箸を落としそうになった。

「そうなのか？」

　仁さんの隣にいた大河さんも驚いていて、他のみんなも目を見開いて私の方を見ている。

　いつも冷静な天聖さんでさえ、驚きを隠せないみたいだった。

　どうしよう……自分から言う前に、天聖さんの耳に入っちゃった……。

　こんな大事なこと、他の人から聞かされるなんて嫌だよね……。

「ま、まだ考えてるだけで……というか、誰から聞いたん

ですか……！」

「絹世が言ってたんだ。やっぱりほんとだったんだね……」

　絹世くんから……な、なるほど。みんなの前で話すべき
じゃなかったな……。うかつだった。

「入寮なんて絶対にやめたほうがいいよ……！　花恋は生
徒会寮に入ることになるだろうから、危険だよ」

　仁さんに止められ、首を傾げた。

　危険？　寮生活のほうが、安全なんじゃないかな……？

「そうだぞ、お前１回監禁されてただろ」

　隣にいる充希さんが、眉間にしわを寄せながらそう言っ
てきた。

　あっ……な、なるほど。生徒会寮には絹世くんもいるか
ら、そういう意味の危ないかな……あはは……。

「生徒会は少し頭がいかれている奴が多いからな……俺も
やめたほうがいいと思うぞ」

　大河さんは真顔で、さらっと失礼なことを言っていた。

　天聖さんは……何も言わない……。やっぱり、怒ってる
かな……？

　こんな大事なこと、どうして相談しないんだって思うよ
ね、普通……。

　ましてや、先に絹世くんに相談したって思われたはず。
私が天聖さんだったら、きっと他の人から聞かされるなん
て嫌だもん。

　あとでちゃんと、謝らなきゃ……。

　言い訳になっちゃうけど、説明させてほしい……。

　その日の生徒会が終わって、いつものように天聖さんとの待ち合わせ場所に向かう。

　昇降口に着くと、天聖さんが待ってくれていた。

「お疲れ」

　そう言って、いつもの優しい笑みを浮かべながら頭を撫でてくれる天聖さん。

　天聖さん、怒ってないのかな……。

　お昼のことがあったのに、天聖さんの優しさに罪悪感がこみ上げた。

「あの、天聖さん……」

「ん？」

「入寮を考えてること……言えてなくて、ごめんなさい……」

　ふたりきりになったらまずは謝らなきゃと思っていたから、謝罪の言葉を口にする。

「気にするな」

　まったく怒らない天聖さんに、罪悪感を覚える。

　天聖さんは、心が広すぎる。

「あ、あの、帰ってから、話してもいいですか……？」

「ああ」

　天聖さんに意見を求めるのはどうなんだろうって思ってたけど……天聖さんの耳に入った以上、ちゃんと話さなきゃ。

　帰ってから、私の部屋に来てもらった。

　一緒に夜ご飯を食べることになったけど、食事を始める前に話を切り出した。

「入寮の件なんですけど……先に天聖さんに相談しなかったこと、ごめんなさい」

「気にするなって言っただろ。言い出しづらかったのもちゃんとわかってる」

　天聖さん……。

　ダメだ……天聖さんの優しさに甘えてちゃ。

「このマンションを用意してくれた事務所の社長が、提案してくれたんです」

　私はどうして入寮のことを考え始めたのか、天聖さんに話した。

「もともと、寮でまで変装するのはしんどいだろうからって社長が気遣ってくれて、マンションを用意してくれてたんです。カレンだってバレた今、寮で暮らせば基本的に学園内で過ごすことになるから変装する必要もなくなるだろうって……それに、セキュリティ面でも寮のほうが安全だから、考えてみたらどうかって言ってもらえて……」

　天聖さんはじっと、私の話を聞いてくれた。

「寮に入ったほうが、家族も社長も安心するなら……そうしたほうがいいのかなって思いました」

「……」

「でも……寮に入ったら、天聖さんとこうして一緒に過ごせなくなるから……それは、嫌だったんです」

　こうやって気兼ねなくお互いの家に行き来できる今の環境が、すごく楽しくて幸せだから……。

　この日常を、手放したくないっていう私のわがままだ。

「こんなこと言ったら、天聖さんを困らせちゃうだろうなって思って……最近ずっと悩んでて……」

　だから言えなかったなんて言い訳だけど、考えれば考えるほど、どうしていいかわからなくなっていた。

　こんな形で天聖さんにも知られてしまってたら、元も子もないよね……。

「悩みがあるなら、いつでも言えばいい」

　天聖さんはそう言って、私の頭を撫でてくれた。

「俺はお前に相談されて、困ることなんかない」

　……こう言ってくれることだって、わかってた。

　天聖さんは優しいから……。でもだからこそ、話せなかったんだ。

「花恋が楽なほうを選べばいい。それに、会おうと思えばいつだって会える」

　優しい笑みを浮かべてくれた天聖さん。

　正直、胸が痛んだ。

　これが……天聖さんの、本音かな？

　天聖さんは……こういう時間がなくなっても、平気なのかな……？

　こんなこと聞いたら、重いよね……っ。

　私ばっかり寂しいと思っているように感じて、そんな自分が嫌になった。

　私は、一体なんて言ってほしかったんだろう。

　天聖さんも……私と同じくらい、この時間を大切だって思ってほしかったのかな。

無償の愛

　天聖さんもああ言っていたし、入寮しない理由はないのかな……。

　翌日、私の心は決まりそうになっていた。

　ふたりで過ごすあの時間が、天聖さんにとっては大したものではなかったと思うと、悲しくて胸が苦しくなる。

　って、そこまで言われたわけじゃないんだから……ネ、ネガティブになりすぎだよね。

　こんなことでうじうじ悩む自分に、ちょっとだけ嫌気がさした。

　入寮、しようかな……。

　これでみんなも安心させられるだろうし……私も、マスコミのことは気にしないでよくなる。

　入寮っていっても、来年の３月からだし、それまでは天聖さんとのお隣生活を存分に満喫しよう。

　寂しいけど……入寮したほうが、きっといい。

「花恋、寮に入る決心はついた!?」

　朝の生徒会の時間、絹世くんがニコニコ笑顔で聞いてきた。

「うん……今は入る方向で考えてるよ」

　そう答えると、絹世くんがぱあっと顔を明るくさせた。

「本当に……!?」

　近くにいた正道くんや他のみんなも駆け寄ってきて、私

の周りが賑やかになる。

「生徒会寮はいいぞ、花恋。レストランもカフェも備わっているし、食べたい時に食べたいものが食べられる」

「そうなんですかっ……！」

　それは、夢みたいっ……！

　たまに陸くんが持ってきてくれるスイーツも全部美味しいから、生徒会寮の中にあるお店は美味しいところばかりに違いない。

「環境もいいし、書店とかジムとか必要な施設は大方揃ってるから快適な生活が送れると思うよ」

　陸くんがそう言って、他のみんなもその通りと言わんばかりに頷いた。

　寮生活も、少し楽しみになってきた……。

　でも……やっぱり……。

　天聖さんのことを考えると、こみ上げてくるのは寂しさだけだった。

「悪い、電話してくる」

　お昼休み。誰かから電話が来たのか、天聖さんが立ち上がって部屋を出て行った。

　今日のお昼ご飯をもくもくと食べている私に、仁さんが食べるのを止めて話しかけてくれる。

「花恋、寮のことはどうなったの？」

　気にしてくれていたのか、私も食べるのを止めて答えた。

「今は……入ろうかなって思ってます」

　そう言えば、仁さんは「本当に……？」と顔をしかめた。
「俺は断固反対する」
　横から、大河さんがそう言った。
「俺も反対かな……ケダモノの群れに自分から突っ込んでいくようなものだよ」
　ケダモノ……？
「ていうか、天聖はなんて？」
「そうそう、あいつも反対しただろ？」
　私の隣に座っている充希さんも、眉間にしわを寄せて聞いてきた。
　反対……は、されてない。
　むしろ、後押しされたようにも感じた。
「天聖さんは……私が楽なほうにすればいいって言ってくれました」
　そう言えば、みんな驚いていた。
「あいつ、かっこつけだね」
「え？」
「本当は嫌なくせに」
　仁さんの言葉に、私のほうが驚いてしまう。
「天聖さんは……嫌がってると思いますか？」
　昨日の様子からして、まったくそんなふうには見えなかった。
　だから、仁さんがどうしてそう思うのか気になった。
「そりゃあね。大事な彼女が、彼女のこと狙ってる男ばっかのところに入るなんて、嫌だと思うよ」

　彼女のことを狙ってるって……き、絹世くんのことかな……。

　絹世くんには告白をされたから……た、確かに。私だって天聖さんのことを好きな女の子がいて、その子がそばにいたら不安になると思う。

　本当は天聖さんも……嫌がってる……？

「心配だろうしな……」

　大河さんも、首を縦に振っている。

「でもあいつは、花恋第一だろうから……自分の気持ちよりも、花恋の気持ちを優先したいって思ってるんじゃないかな」

　仁さんの言葉に、思い当たる節は山ほどあった。

　天聖さんは、私のために我慢してくれてる……？

「あいつはライバルだけど、あいつの愛し方はとてつもないなって思うよ。無償の愛だよね」

　無償の愛……。

　……そう、だよね。

　私……全然わかってなかった。

　天聖さんが私のこと、どれだけ大事にしてくれてるか……。

　もう一度、ちゃんと聞いてみようっ……！

　さっきまで重たかった心が、軽くなった。

「ありがとうございます、仁さん」

「あはは……敵に塩送るようなこと言っちゃったね」

　苦笑いしている仁さんに、私は首を傾げた。

「敵？」

　一体なんのこと？

　私を見て、仁さんは顔を青くしている。

「……花恋まさか……い、いや、そんなはずないよね……」

「仁、多分そのまさかだと思うぞ。お前の想いは届いていない」

　ぶつぶつと呟いている仁さんの肩に、大河さんが手を置いた。

「そ、そっか……」

　仁さんは、がっくりと肩を落としていた。

情けない本音

【side 天聖】

　今日は、花恋の家で晩飯を食べた。

　花恋の料理はどれもうまい。外食が嫌になるくらいで、できるなら毎日でも食べたいと思う。

　ただ、ふたり分も飯を作るのは負担になるだろうから、俺から作ってくれと言うのは控えている。

　花恋の負担にはなりたくない。

「あの、天聖さん」

「ん？」

　いつものようにふたりでゆっくりしていると、花恋が話を切り出してきた。

　風呂に入って、変装をしていない花恋の綺麗な髪を撫でながら、じっと見つめる。

「私が寮に入ること、本当はどう思ってますか？」

「……」

　終わったと思っていた話が再び浮上し、返答に困った。

　昨日同じことを聞かれて、花恋の楽なほうにすればいいと俺は答えた。

　……それは、本音半分嘘半分の答えだ。

　素直に言えば、寮には入ってほしくない。というより、生徒会の奴らがいる寮に入ってほしくない。

　生徒会の連中が花恋を狙っていることはわかっている

し、俺の目が届かないところで何かあったら困る。

　監禁されたこともあるから、心配でたまらなかった。

　それに……今のように、花恋と過ごせる時間が何よりも幸せだ。

　互いの家を行き来して、気軽に会える距離が心地いい。

　だから、できることならずっとこの生活が続けばいいと思っていた。

　ただ、それを花恋に言ってしまえば、花恋は入寮を諦めるだろう。

　どう考えても、今の花恋にとっては寮生活のほうが楽だろうし、安全なはずだ。

　今はマスコミに追われなくなったとはいえ、まだ外を歩くときは不安そうにしているし、心もとないだろうから。

　変装も邪魔だろうし、寮生活になったら必要がなくなる。

　花恋の周りの大人も、寮に入ってくれたほうが安心できると思う。

　だから……俺のエゴで、選択肢をせばめるのは嫌だった。

　花恋のしたいようにさせてやりたい。そう思っていたのに……。

「正直な気持ちが知りたいです」

　そんなふうに言われて、悩んだ。

　誤魔化そうとしたが、花恋にじっと見つめられてたじろいでしまう。

　この瞳に見つめられると……嘘をつけなくなってしまう呪いにでもかかっているのかもしれない。

「……嫌、だな」

　自分の口から、本音がこぼれた。

「お前といる時間が減ることも、他の男の近くに住まわせるのも、心配だ」

　何を馬鹿正直に言ってるんだろう、俺は。

　……こんな情けないことは、花恋には言いたくなかったのに。

　呆れられたかと心配になったが、花恋はなぜか俺の返事に嬉しそうにしていた。

　……花恋？

「よかったですっ……」

　返事の意味が、まったくわからない。

「何がよかったんだ……？」

　こんな俺のエゴを押し付けて、怒るなり悲しむならわかるが……花恋はほっと安心している。

「ふたりの時間が減ること、私だけが悲しんでると思って……」

　そう言って、そっと俺に抱きついてきた花恋。

　そのいじらしさに、思わずごくりと喉が鳴った。

「そんなわけないだろ」

　俺は花恋といる時間のために、生きてると言っても過言ではないから。

　というか……花恋も悲しんでくれてたのか。

　そう思うと、愛おしさが溢れた。

「安心しました……」

　きゅっと、控えめに俺の服の裾を握ってくる花恋。

「私も、天聖さんとの時間が減るのは嫌です……できれば、ずっと一緒にいたいです」

　そんな可愛く甘えて、俺をどうしたいんだ。

「……可愛いこと言うな、本気にするぞ」

「え？　本気ですよ……？」

　上目遣いで俺を見つめながら、笑顔で答える花恋。

　可愛すぎて、くらりと目まいがした。

「本当に離せなくなるから、勘弁してくれ」

　だらしなくなっている顔を見られたくなくて、花恋の首筋に顔をうずめる。

「なあ花恋」

「はあい……？」

「入寮に関しては、心配するな」

　俺が花恋に強く言わなかったのには、理由がある。

「俺も寮に入るつもりだ」

「えっ……」

　花恋が入寮するなら、俺もそうするつもりだったからだ。

　寮とマンションでは、到底一緒にいる時間は作れない。

「でも、天聖さん、寮暮らしは嫌だったんじゃ……」

「お前との時間がなくなるほうが嫌だからな」

　うるさい寮に暮らすのは心底苦痛だが、花恋といる時間が減るよりはマシだ。

　花恋の顔を見ると、何か言いたげな顔で俺を見ていた。

　大方、自分のせいで俺が寮に入ることになったとか、勝

手に罪悪感を覚えているに違いない。

「俺が自分で決めたんだ。だから、そんな顔するな」

　他人のことを優先的に考えられるのは花恋のいいところだが、俺には必要ない。

　俺は自分の意思で、花恋のそばにいる努力をするだけだ。

「これからも、ふたりの時間は減らさない。だから、安心しろ」

　そう言って頭を撫でると、花恋は嬉しそうに笑った。

「はいっ……」

　花恋の笑顔を見ると、俺も自然と口元が緩む。

「それにしても、入寮っていつからだ？」

「来年度からなので、３月からです」

　来年度か……。

　なら、寮が別になってしまう問題もどうにかできそうだ。花恋と“同じ寮”に入れば、今と同じように一緒に過ごす時間も作れる。

「そうか。俺も時期は合わせる」

　ただ、ひとつだけ嫌なことがあった。

　学園の寮は設備が整っているため、朝夜の飯も付いている。

　……つまり、今までみたいに花恋の飯を食べられなくなるということだ。

　俺にとっての楽しみがひとつ減ることは、内心とても残念だった。

「寮に入るまでは……できるだけ、花恋の飯が食べたい」

　言わないでおこうと思ったのに、つい勝手なことを言ってしまった。

「負担になるか……？」

「なりません……！」

　笑顔で許してくれる花恋に、自分がどれだけ甘えているかを再確認した。

　花恋といると、日に日にわがままで強欲な人間になっていく気がする。

　そばにいられるだけで幸せだと思う反面、このまま閉じ込めてしまいたいと思ってしまう時もあった。

　俺だけを見て、俺だけの花恋でいてほしい。

　そんな独占欲を持っていることを花恋に知られたら、怖がらせるかもしれない。

「それに、寮に入っても作ります！」

　そう言って、また俺を抱きしめてくれた花恋。

　愛おしくてたまらなくて、俺も強く抱きしめ返した。

「ありがとう」

　もう、言い表せないくらい可愛い。

「……早く俺のものにしたい」

「え？　もう天聖さんのものですよ……？」

　本音が溢れていたのか、俺の言葉に花恋が首を傾げた。

「社会的にだ」

　まだ結婚ができる年齢にもなっていないくせに何を言ってるんだと思われるかもしれないが、もうすでに一緒に暮らせる日が来るのを待ち望んでいる。

「……そう言えば、長王院って名字は嫌じゃないか？　俺が一ノ瀬になってもいいぞ」

　ふとそんなことを思って花恋に聞くと、花恋が苦笑いを浮かべた。

「そ、それは無理だと思いますよ……！　それに……た、楽しみです」

　……っ。

　可愛さを噛みしめるように、また強く抱きしめる。

　好きだ。

　もうこれ以上ないほど愛しているというのに、上限を超えて日に日に増していく愛おしさ。

「……今すぐ結婚したい」

「ふふっ、私たち、ふたりとも気が早いですね」

　幸せすぎて怖くなるなんて、花恋と出会うまでは知らなかった。

　もう……どうやったって、離してやれそうにない。

　可愛すぎる恋人に、今日もまた溺れていく。

30th STAR
極上男子と地味子

一番星の企み

「私、入寮することにしました」

次の日。

LOSTのみんなには、先に報告した。

生徒会のみんなにも、放課後ちゃんと言おうと思ってる。

私の言葉に、みんな顔をしかめていた。

みんなは私が寮に入ること、反対していたから……その反対を押し切って決めてしまったことに関しては、罪悪感があった。

でも……やっぱりいろんなことを検討した結果、寮生活のメリットが大きいと考えたんだ。

「そうか……」

「まあ、花恋が決めたことやったら仕方ないな」

「本当に気をつけろよ」

「何かあったら俺を呼べ。寮ごとつぶしてやる」

大河さんも響くんも蛍くんもちょっと物騒だけど、充希さんも受け入れてくれて、みんなに笑顔を返す。

「天聖はどうするの？」

仁さんがそう聞くと、天聖さんはさらりと答えた。

「俺も寮に入る」

昨日話し合った結果、自分も寮に入ると言ってくれた天聖さん。

「えっ……あの寮嫌いの天聖が……」

　仁さんも他のみんなも、驚愕してる。

「別に、お前も寮に入ったところで同じ棟じゃねぇんだから意味ないだろ。俺らは生徒会寮にも入れねーんだし」

　充希さんの言っていることはごもっともだけど、多分天聖さんも、寮とマンション暮らしよりは一緒に過ごせると思って決断してくれたんだと思う。

　その時まで、そう思っていた。

「俺も同じ寮に入る」

　……ん？

「……は？」

　充希さんの拍子抜けした声が、室内に響いた。

　他のみんなも、そして私も首を傾げてしまう。

　同じ寮……？　どういうこと……？

「天聖、何言ってるの？」

「俺たちLOSTなんで、生徒会寮にはどうやったって入れないっすよね……？」

　ふたりの言うとおり、私は生徒会寮で、天聖さんはLS生の寮に入るはずだ。

　同じ寮に入ることは不可能なはず。

　でも、天聖さんがそれを理解していないとも思えないから、ますます疑問が膨らんだ。

　天聖さんは、無表情のまま口を開いた。

「次の命令制度で、LS制度を廃止する」

　……え？

　ど、どういう、こと……？

「LOSTを消すってことか？」

　眉間にしわを寄せた大河さんに、天聖さんは相変わらず表情ひとつ変えない。

「LOSTは消さない。LS制度を廃止して、FSとNSだけにする」

　えっと……つまり……。

「LOSTに加入している人間は生徒会に入れないっていうルールを変えれば、俺が生徒会に入れる」

　て、天聖さんが、生徒会……!?

「俺たちが寮に入るのは来年度からだから、間に合うだろ」

　天聖さんが言っていることは理解できた。

　けど、突然すぎて受け入れられない。

「て、天聖さんは生徒会に入るのが嫌でLOSTになったんですよね……？」

　だったら、生徒会に入るなんて絶対に嫌なんじゃないのかな……？

　そう思ったけど、天聖さんは私を見て優しく微笑んだ。

「それ以上に、お前と一緒にいたいからな」

「……っ」

　天聖さん……。

　私と一緒にいるためだけに、LS制度を廃止までして生徒会に入ってくれるなんて……。

「俺らの前でいちゃつくんじゃねーよ!!」

　充希さんの言葉にハッとして、天聖さんから視線を逸らした。

　つ、ついみんなのことを忘れて、天聖さんを見つめてしまったっ……。

「確かに俺たちもみんな生徒会の考えには賛同できなかったけど……いっそ俺たちが生徒会に入って、変えればいいのかもしれないね。今の生徒会の家に花恋を入れるのは心配だし……俺も来年は生徒会に入るよ」

　仁さんまで天聖さんの考えに同意していて、私は心配になってしまう。

　もちろん、天聖さんや仁さんが生徒会に入ってくれたらそれはそれで嬉しいけど……苦痛じゃないかな……？

　生徒会の仕事は大変だし、みんなのプライベートの時間も減ることになる。

「だったら、俺も生徒会に入ってやるよ」

「充希が生徒会か……いろいろ崩壊しそうだな」

「うるせぇ!!」

「まあ、そういうことなら俺も入ろう。面白そうだしな」

　充希さん、大河さんまでっ……。

「そ、そんな簡単に決めていいんですか……？」

　LOSTと生徒会の仲がよくないことは、まだ学園に入って間もない私でもわかっていた。

　心配した私を見て、仁さんがにっこりと笑ってくれる。

「LOSTがなくならないなら、生徒会に入ることは問題ないよ。元々LS＝LOSTってわけでもなかったし……偶然LOSTに入っている人間がLSだったってだけだしね」

　そっか……。

「LOSTはこれからも、星学を守る存在としてなきゃいけないし。LOSTっていうグループは途絶えさせない」

　LOSTがなくならないということに、私も安心した。

　でもやっぱり、LOSTをまとめて生徒会もって……た、大変じゃないかな……。

「俺も生徒会入るっす!!」

　響くんも、手を上げて立ち上がった。

　隣に座っていた蛍くんが、「お前は無理だろ」と呆れた顔で突っ込んでいる。

「期末と学期末死ぬほど頑張ればいけるやろ……!　なあ花恋!?」

　……ふふっ。

　なんだかもう、1周回って楽しみになってきた。

　これからLOSTのみんなと生徒会の時間も一緒に過ごせるなんて……私としては、願ったり叶ったりだ。

「うん……!　響くんならいけるよ……!」

　笑顔で頷くと、響くんがぱあっと表情を明るくさせた。

「俺だけぼっちとか嫌っすから!　頑張ります!!」

「ま、ひとりだけ残るのは確定だろうけど、せいぜい頑張れよ」

　"ひとりだけ"ってことは……蛍くんも、生徒会に入るってこと……?

　あれだけ生徒会を毛嫌いしていた蛍くんまでもが手を上げてくれたことに、驚いて目を見開く。

「……まあ、あの気に入らない生徒会を作り直すのも悪く

ないからな」

　そう言って私から顔を背けた蛍くんに、口元が緩んでしまう。

　生徒会に入るってことは、寮もみんなと一緒ってことだ。

　何より、これからも天聖さんと近くで暮らせる可能性が生まれたことが、嬉しくて仕方なかった。

　私も……来年も生徒会に入れるように、今から精一杯頑張ろう……！

二番星の意地

【side 正道】

　カレンが、寮に入ることを検討していると聞いた。

　僕や他の役員たちも大喜びで、毎日のように生徒会寮に入るメリットを唱えている。

　カレンが寮に入ってくれたら、今よりも一緒に過ごせる時間が増える。

　このチャンス、絶対に逃しはしない……なんとしてでもカレンを勧誘してみせる！

　生徒会寮には長王院も入れないから、邪魔もされる心配もなかった。

　ふっ……これほど生徒会であることを誇りに思ったことはない！

　仕事も多く僕にとってはデメリットの多い生徒会活動だったが、カレンが来てからは生徒会を楽園のように感じられていた。

　朝の生徒会。カレンと絹世以外は全員揃っていて、仕事を始めていた。

　静かに作業に当たっていた時、バタンッ!! と勢いよく扉が開かれる。

「ま、まずいよみんな……！」

　入ってきたのは絹世で、朝から騒々しい絹世にため息が

こぼれた。

　一体朝からなんなんだ……。

「LOSTのみんなが、生徒会に入ろうとしてるんだ……！」

　……はあ？

　生徒会室に突撃するつもりかとも思ったが、絹世の形相からしてそういうことではなさそうだ。

　この取り乱しようは尋常ではない。ただ、言っている意味がわからない。

「何を言っているのかわからない。ちゃんと説明しろ」

　僕以外の奴も呆れていて、陸が盛大にため息を吐いた。

「そうですよ。ただでさえいつも意味不明なのに、ついにまともに会話もできなくなったんですか」

　最近の陸は人を敬うということをめっきりしなくなったが、とくに絹世に対しては日常的に小馬鹿にしている。

　絹世ももう慣れたのか、陸の言葉には一切反応を示さなかった。

　ただ、相変わらず顔を真っ青にしながら、僕たちを見ている。

「じ、仁くんから聞いたんだけど……来年、長王院さんが命令制度でLSをなくそうとしてるんだって……！」

　…………は？

　どういう、ことだ……？

　生徒会に入ろうとしているって……本当に役員になろうとしているのか……!?

　ありえないと一蹴してやりたかったが、僕はハッとした。

174

　まさか……カレンが入寮するから、か？
「みんな花恋と同じ生徒会に入りたいからって、今までは辞
退してたのに来年から生徒会の勧誘を受けるって……！」
　僕の予想は当たっていたらしく、絹世の説明を聞いて頭
を抱えた。
　LOSTの連中め……！
　あいつら、今まではどうでもいいと生徒会の勧誘を断っ
ていたくせに……！
　カレンが来たからだなんて、都合がよすぎる……！！
　というか、カレンが理由であれ、あいつらが生徒会に入っ
てもいいと言い出したのが驚きだ。
　とくに長王院、あいつは生徒会に入るくらいなら死んだ
方がマシだと言わんばかりの態度だったくせに……！！
「どうしよう……！　LOSTのみんなが生徒会に入ったら、
一番成績低い僕が落選しちゃう……！　せっかく花恋が
入ってきて、生徒会の居心地もよくなったのに……！」
　絹世の心配は、あいつらが入ってくることによって、自
分がFSから降格になってしまうことらしい。
「まあ、私は来年も生徒会圏内なので」
　伊波が、にっこりと効果音がつきそうな笑みを浮かべた。
「うっ……い、伊波くん、最近笑顔で毒を吐くようになっ
たよねっ……」
　絹世の言う通りだ……。
　こいつは、密かにカレンを思っていたことが僕にバレた
日から、態度が豹変した。

　ニコニコしているのは相変わらずだが、文句を言うようになったし、本心を隠さなくなった。

　ま、まあ、こいつが今までのような胡散臭い態度を取らなくなったのは、僕としてはいい傾向なのかと思うが……それにしても、最近は僕にたてつくことも多くなり、不満に思っている。

　……ひとまず、僕も生徒会から外れることはないだろうから、僕にとっても不要な心配だ。

「俺は余裕で圏内ですよ。まあ……あいつらが生徒会に入ってくるのは気に入りませんけど」

　陸も１年では上位をキープしているし、この場で生徒会入りが危ないのは絹世くらいだろう。

「ぼ、僕だけ危ないってこと……!?」

　本人もわかってはいるのか、さっき以上に顔を真っ青にしている。

「……余裕をこいている暇はないんじゃないか」

　黙っていた武蔵が、口を開いた。

「多分、同じことを考えている生徒はLOSTだけじゃない」

　……確かに、その通りだ。

「花恋がカレンだとバレた以上、周りの奴もどうにかして花恋に近づこうと策略を立てているに違いないからな」

　武蔵が言いたいのは、あのアイドル "カレン" と親しくなるために、生徒会入りを目指す人間が増えるってことだろう。

　同じクラスの奴以外で、カレンと親しくなる方法は生徒

会に入るしかない。

　皆、長王院やLOST、そして生徒会の僕たちがカレンには接触をするなと忠告をしたからおとなしくしているものの、内心ではカレンに近づく術を必死に探しているだろう。

　その隙をうかがっているものにとっては……生徒会に入ることが、唯一カレンと近づける手段だろうからな。

「なるほど……全校生徒がライバルってことですか」

　さっきまで余裕ぶっていた陸も、顔色を変えた。

　さすがに、他の生徒に負けるつもりはないが……ここは圧倒的な差を見せつけるべきかもしれないな。

　カレンには……僕が近づけさせない。

　LOSTでもなんでも、かかってこい。

「ふん、格の違いを見せつけてやろう」

　僕は久世城正道だ。

　誇り高き久世城家の跡取りであり……世界で一番、カレンを愛している人間だからな……！

目指せ、生徒会！

　教室に着くと、真っ先に私を出迎えてくれたのは芽衣ちゃんだった。

　あれから、芽衣ちゃんとはとても仲良しだ。

　クラスの女の子みんなで集まって話す時もあるし、この前は放課後にアフタヌーンティーをした。

　夢の女の子の友達ができて、私の学園生活は一層楽しくなった。

「花恋、入寮するってほんと……!?」

　勢いよく私の肩を掴んで、ブンブンと揺さぶってくる芽衣ちゃん。

「め、芽衣ちゃん、誰から聞いたの？」

「もう噂になってるわよ！　この学園内で、花恋の話題は秒で回るんだから！」

　そ、そうなのっ……？

「ってことは、生徒会寮に入るのよね……」

　芽衣ちゃんの言葉に、こくこくと頷く。

　め、目が回るかと思った……。

「あたしも、また生徒会に入れるように頑張ろうかしら……！」

「え……！」

「だって、生徒会に入れば朝も放課後も花恋と一緒でしょ？　それに、寮でも……」

　芽衣ちゃんはそう言ってから目を輝かせながらガッツポーズをした。

「決めた!! あたし、頑張る!!」

　芽衣ちゃんが、生徒会に……。

　も、もしそうなったら……私もすごく嬉しい……!

「やるわ、あたし! 花恋とのハッピーライフのために……!!」

　メラメラと瞳の奥に炎を燃やしている芽衣ちゃん。

「私も、芽衣ちゃんと過ごせる時間が増えたら嬉しいなぁ」

　そう言うと、芽衣ちゃんは私を抱きしめてきた。

「花恋っ……!! ああ、あたしの天使……!!」

　て、天使?

　首を傾げた時、芽衣ちゃんがベリっと音を立てて私から離れた。

　厳密に言うと、離された。

「邪魔なので退いてもらえるかな、バカ田」

　私から芽衣ちゃんを引きはがしたのは、眉間にしわを寄せている陸くん。

「花恋っ……陸様があたしのこと、バカって……」

「り、陸くん、バカはダメだよ……」

「ち、違うんだ……!! くそっ……」

　陸くんはなぜか、ギリギリと歯を食いしばっている。

　芽衣ちゃんを睨みつけた後、ハッとあざ笑い手を放した。

「まあ、お前が生徒会に入るのは不可能だろうけど、せいぜい頑張って。応援してるから」

　陸くんも生徒会に芽衣ちゃんが入ってくれたら嬉しいに違いない。

　応援しているという言葉に、頬がゆるんだ。

　このふたりは犬猿の仲（けんえん）なのか、いつ見ても喧嘩をしているけど、お互いにお互いのことが気になっているみたいだし……。

　……喧嘩するほど仲がいいっていうやつだと思う。

「ふふっ、あんたなんて引きずり下ろしてやるわ。花恋のあんたへの評価も……地の底まで落としてやるから見てなさい、おほほほっ！」

「……」

　睨み合ってるのも、きっと照れ隠しだ。

「陸、抑えろ。人殺しみたいな顔になってんで」

　響くんが、陸くんの背中をそっと叩いた。

「花恋、俺も生徒会入り頑張るわな」

　にかっと微笑んでくれた響くんに、私も「うん！」と笑顔を返す。

「不可能だって、響は頑張るだけ無駄だよ」

「なっ……やる前から決めつけんな！」

　響くんの言う通りだよ、陸くん……！

「大丈夫だよ響くん……！　勉強会もしよう？」

　LOSTのみんなで生徒会に入るって決めたから、私も協力する……！

「ほんまに……!?　めっちゃ助かるわ〜」

「勉強会……？　な、何それ」

　陸くんが、顔をしかめた。

「この前も花恋に勉強教えてもらってん」

「聞いてない……次は俺も参加させてもらうよ」

「お前は頭いいから、教わらんでもいけるやろ？」

　何やら、ニヤニヤしながら陸くんを見ている響くん。

　言っていることは間違ってないから、私も頷いた。

「うん！　陸くん頭いいから、私から教えられることは何もないよ……！」

　そう言えば、陸くんはまた響くんを睨んでいた。

「どいつもこいつも……俺の邪魔ばっかしやがって……」

「……お前、顔やばいぞ。王子様キャラどこいってん」

　陸くん、いつもニコニコしているのに、今日は不機嫌なのかな……？

　そして、その日から、みんな人が変わったように勉強に熱を入れていた。

　響くんはたまに休み時間にも勉強をするようになったし、毎日のように質問のメッセージが来ていた。

　蛍くんも、授業中には寝ていることが多かったのに、いつも真剣に授業を受けているし、芽衣ちゃんなんて休日は塾に通い始めたそう。

　私も負けてられないな……と、気を引き締めた。

「僕、こんなに頑張ったのは中学受験以来だよ……」

　生徒会室で、絹世くんがうなだれていた。

　絹世くんも、来年も生徒会に残るために勉強を頑張って

いるみたい。

「お前の成績ならまだ厳しいだろうな。次の期末ではせめて上位10人には入らなければボーダーは超えられないだろう」

　そっか……もう期末が迫ってるんだ。

　正道くんの言葉に、ハッとした。

「うう、言われなくてもわかってるよ……」

「せいぜい努力しろ。……だが、生徒会活動中は勉強ではなく仕事をしろ！！」

　あはは……。

　絹世くんが正道くんに怒られている光景を見るのも、もう日常茶飯事だ。

「……絹世くん、頑張って」

　私は小さな声で、絹世くんにエールを送った。

　正道くん、伊波さん、まこ先輩、陸くん、絹世くん……特に仲のいいメンバーで、生徒会に残れるといいな……。

　もちろん、他の役員さんとだって最近は仲良くなれたし、今の生徒会にも思い入れはある。

　それでも……来年はここに天聖さんたちもいるのかと思うと、楽しみで仕方なかった。

　天聖さん、私も頑張ります。

　みんなと……これからも最高の学園生活を送れるように——。

溺愛生活は永遠に

　　シリウス授賞式は、終業式の前日にホールで行われる。
　　発表当日。
「星ノ望学園高等学校、総合首席者……長王院天聖！」
　　昨年に続きシリウスに選ばれた天聖さんは、その場で命令制度を使った。
「シリウスの名において、望みを告げる——LS制度を廃止しろ」
　　この学園から、LSという称号がなくなった。

　　そして今日、私の１年生としての学園生活が終わりを迎える。
　　終業式。みんなこの日を迎えるために、必死に努力してきた。
　　来年度の生徒会が決まる——今日のために。
「新生生徒会役員を発表します」
　　ごくりと息を飲む音が、そこかしこから聞こえた。
　　私も、自分の心臓の音が聞こえるくらい、緊張していた。
「生徒会長——長王院天聖」
　　わっ……天聖さん……！
　　シリウスに選ばれた時点で薄々は気づいていたけれど、本当に会長になっちゃうなんて……！
「生徒会副会長、久世城正道」

　正道くんの名前も呼ばれ、現会長として前に立っている正道くんを見る。

　目をつむって、何かを噛みしめているように見えた。

　正道くんも、おめでとう……。

　本人は会長になりたがっていたけれど……LOSTのみんなが加わったこの状況で、副会長の座を勝ち取れたのは本当にすごいことだと思う。

「続いて、生徒会役員を発表します……」

　き、きたっ……。

　祈るような気持ちで、そっと目をつむった。

「一ノ瀬花恋」

　真っ先に名前を呼ばれ、肩の荷が下りる。

　まずは、よかった……あとは、みんなが入っているかだ……。

　どうか、最後まで頑張っていた響くんも、入っていますように……。

「水瀬伊波、榊大河、泉充希、椿仁斗、武蔵誠、羽白絹世、京条陸、宇堂蛍……」

　次々と、仲のいいみんなの名前が呼ばれ、嬉しい反面不安も募る。

　響くん、どうか……。

「最後１名、月下響！　以上の10名です」

　……っ！

　私は思わず、生徒会役員として前に立っていることも忘れて、飛び跳ねそうになった。

　響くん、入れた……！

　叫びたいのをぐっとこらえて、その場で喜びを噛みしめる。

「よっしゃー!!」

　けれど、1年の席から響くんの大きな声が聞こえて、思わず笑ってしまった。

「静かに！」

　あはは……でも、喜ぶのも無理はないくらい、響くんは本当によく頑張っていたから……。

　あとでたくさん、おめでとうって言おう……！

「花恋〜!!　僕、生徒会に残れたよ……!!」

　終業式が終わってすぐ、絹世くんがぎゅっと抱きついてきた。

　絹世くんもすごく頑張っていたから、私も嬉しい。

「おめでとう絹世くん……！」

「はいはい、引っ付き虫は離れてください」

　陸くんが絹世くんの首根っこを掴んで、私から引きはがした。

「引っ付き虫じゃないもん……！　離して……！」

「ああそうですね。そんなに可愛いものじゃないです、ただの害虫でした」

　陸くんの絹世くんの扱い、日に日にひどくなってる気がする……。

「新生徒会役員は放課後生徒会室に集合だから、またあと

愛読者カード

お買い上げいただき、ありがとうございました!
今後の編集の参考にさせていただきますので、
下記の設問にお答えいただければ幸いです。よろしくお願いいたします。

本書のタイトル(）

ご購入の理由は? 　1. 内容に興味がある　2. タイトルにひかれた　3. カバー(装丁)が好き　4. 帯(表紙に巻いてある言葉)にひかれた　5. 本の巻末広告を見て 6. ケータイ小説サイト「野いちご」を見て　7. 友達からの口コミ　8. 雑誌・紹介記事をみて　9. 本でしか読めない番外編や追加エピソードがある　10. 著者のファンだから　11. あらすじを見て　12. その他(　　　　　　　　　　　　　　　　　　　　　　　　　　　　）

本書を読んだ感想は? 　1. とても満足　2. 満足　3. ふつう　4. 不満

本書の作品をケータイ小説サイト「野いちご」で読んだことがありますか?
1. 読んだ　2. 途中まで読んだ　3. 読んだことがない　4. 「野いちご」を知らない

上の質問で、1または2と答えた人に質問です。「野いちご」で読んだことのある作品を、本でもご購入された理由は? 　1. また読み返したいから　2. いつでも読めるように手元においておきたいから　3. カバー(装丁)が良かったから　4. 著者のファンだから 5. その他(

1カ月に何冊くらいケータイ小説を本で買いますか? 　1. 1～2冊買う　2. 3冊以上買う 3. 不定期で時々買う　4. 昔はよく買っていたが今はめったに買わない　5. 今回はじめて買った

本を選ぶときに参考にするものは? 　1. 友達からの口コミ　2. 書店で見て　3. ホームページ　4. 雑誌　5. テレビ　6. その他(　　　　　　　　）

スマホ、ケータイは持ってますか?
1. スマホを持っている　2. ガラケーを持っている　3. 持っていない

学校で朝読書の時間はありますか? 　1. ある　2. 今年からなくなった　3. 昔はあった　4. ない

ご意見・ご感想をお聞かせください。

文庫化希望の作品があったら教えて下さい。

学校や生活の中で、興味関心のあること、悩みごとなどあれば、教えてください。

いただいたご意見を本の帯または新聞・雑誌・インターネット等の広告に使用させていただいてもよろしいですか? 　1. よい　2. 匿名ならOK　3. 不可

ご協力、ありがとうございました!

郵 便 は が き

１０４−００３１

東京都中央区京橋1-3-1
八重洲口大栄ビル7階

スターツ出版（株）　書籍編集部
愛読者アンケート係

（フリガナ）

氏　名

住　所　〒

| TEL | 携帯／PHS |

E-Mailアドレス

| 年齢 | 性別 |

職業
1. 学生（小・中・高・大学（院）・専門学校）　　2. 会社員・公務員
3. 会社・団体役員　　4. パート・アルバイト　　5. 自営業
6. 自由業（　　　　　　　　　　　　　　　）　7. 主婦　　8. 無職
9. その他（　　　　　　　　　　　　　　　　　　　　　　　　　）

今後、小社から新刊等の各種ご案内やアンケートのお願いをお送りしてもよろしいですか？
1. はい　　2. いいえ　　3. すでに届いている

※お手数ですが裏面もご記入ください。

でな」
　同じく生徒会に残ったまこ先輩が、笑顔で私の肩を叩いた。
「はい！」

　一度教室に戻って、最後のHRが行われる。
「あたし、頑張ったのにぃ〜」
　教室に戻って早々、芽衣ちゃんが目に涙を浮かべて抱きついてきた。
　私は芽衣ちゃんが落ち込んでいるのが悲しくて、優しく抱きしめ返した。
「芽衣ちゃん……」
　たくさん努力していたのを知っているから、なんて言えばいいか……言葉が出てこない。
　そんな私から離れて、芽衣ちゃんは涙を拭った。
「後期は絶対、生徒会に入ってみせるわ……！」
　立ち直れないくらい落ち込んでいると思ったけど、まだやる気がみなぎっている芽衣ちゃんの瞳を見て安心する。
「うん！」
　よかったっ……。
　ほっとひと安心して、自分の席に着いた。
「花恋！」
　遅れて響くんと蛍くんが教室に戻ってきて、私も笑顔で立ち上がった。
「響くん！」

「やったで俺！」

「うん!! おめでとう!!」

　嬉しくて、勢いのまま抱きついた。

「へっ……!?!?」

「響くんずーっと頑張ってたもん！　努力が報われて、私も嬉しい……！」

「か、かかか、花恋……!?」

　あれ……？

　響くんの様子がおかしくて顔を上げた時、蛍くんがすごい勢いで響くんを押した。

　勢いのまま、こけてしまった響くん。

　私もバランスを崩したけど、近くにいた陸くんが受け止めてくれた。

「お前何やってんだよ……!!」

　いつも冷静な蛍くんが、珍しく響くんに怒っている。

　ど、どうして怒ってるの……？

　響くん、頑張って生徒会になれたんだよ……？

「い、今のは不可抗力というか……頑張った俺へのご褒美やろ……」

「ちっ……お前はいっつもいい思いしやがって……」

「花恋も、安易に抱きついちゃダメだよ」

　え？

　あっ……た、確かに、天聖さんがいるのに他の男の人にハグしたらダメだよね……。

　相手は響くんだし、感極まっていたとても……軽率な行

動だったっ……。

「俺にならいいけどね」

　自分の行動に、深く反省した私を見ながら、陸くんがにっこり笑った。

　どうして陸くんにならいいの……？

「お前が一番危ないだろ」

　蛍くんが、陸くんの頭を叩いた。

「いった……蛍ってすぐに手が出るよね。そんなんじゃモテないよ」

「別に、俺はお前と違ってモテなくてもいい」

「心外だな。俺だって、好きな子以外にはどう思われてもいいよ」

「陸くん、好きな子いるの？」

「……花恋、今度１回ふたりで話そうか？」

　心なしか悲しそうな顔をしている陸くん。

「こいつの相手はせんでいいで花恋！　それより、今日の放課後はLOSTのみんなで祝いしような〜」

「花恋は俺たちとお祝いするから無理だよ」

「お前たちみたいな後から出てきた奴らと祝うわけないだろ」

　口論している３人を見て、いつもなら焦るけど、今日はなんだかほっとした。

　これからも……この３人と一緒にいられるんだって思ったら、嬉しくて笑みがこぼれる。

「来年も、みんな同じクラスだね」

　私がそう言うと、みんなは口論を中断して、視線をこっちに移した。

　そして、同じように微笑んでくれる。

「……腐れ縁だけどな」

「俺は花恋だけでよかったけどね」

「そうやな！　クラスでも、生徒会でも一緒や！」

　ふふっ……来年も、このメンバーで同じクラスになれたらいいな。

　そんな、気の早いことを思った。

　HRが終わって、すぐに３人で生徒会室に向かった。

「失礼します……！」

　中に入ると、私たち以外の生徒会メンバーはすでに集まっていた。

「これで、全員揃ったな」

　大河さんがそう言って、ふっと笑う。

　奥にいた正道くんが、口を開いた。

「……いろいろと言いたいことはあるが……ここにいる面々が、新生生徒会だ」

　私も、気を引き締めて正道くんのほうを見る。

「……おい、お前が言え」

　正道くんは、離れた場所に座っていた天聖さんを睨んだ。

　そ、そっか……これからは正道くんじゃなくて、天聖さんが会長だもんねっ……。

「……」

「おい、生徒会長だろうっ……！！」

　何も言わない天聖さんに、正道くんが怒っている。

　天聖さんは表情を変えることなく、じっとしていた。

「天聖、生徒会長として挨拶してよ」

　仁さんにそう諭され、立ち上がった天聖さん。

　何を言うのかな……と、天聖さんの第一声に耳を傾ける。

　みんなの視線が、天聖さんに集まっていた。

「……俺は人をまとめるのは嫌いだ」

　……へっ？

　予想外のひと言に、肩透かしを食らう。

　あはは……て、天聖さんらしい……。

「お前……！」

　正道くんも、顔を真っ赤にして怒りをあらわにしていた。

　天聖さんは気にせず、言葉を続ける。

「だが、会長になったからには役目はまっとうする。……以上だ」

　そのひと言に、天聖さんの覚悟が詰まっている気がした。

　天聖さんなりに……会長としての責任を感じているのかもしれない。

　天聖さんはできもしないことを言わない人だから……その言葉だけで十分、天聖さんが会長として引っ張っていってくれる未来が想像できた。

　LOSTのほかのみんなも、穏やかな表情になっている。

　……ただ、生徒会の面々は不安げな顔をしたり、呆れているように見えた。

「はぁ……当面の間は僕が、生徒会長としての役割を担う必要がありそうだな、まったく」

　あはは……正道くんは不安なのかもしれないな。

　天聖さんは会長になったばっかりだもんね……私も、できる限りサポートしたい。

　このメンバーで、新しい生徒会を作るんだ。

「まあ、会長と副会長で仲良くやってくださいよ」

「誰が仲良くできるか!!」

　陸くんの言葉に、正道くんが即答した。

　みんなが仲良くできるかは不安だけど……それ以上に今は、嬉しさとこれからへの期待で胸がいっぱいだ。

「ふふっ」

　つい笑ってしまうと、みんなの視線が集まった。

「みんなで生徒会のメンバーになれて、よかったです」

　満面の笑みを向けて、そう伝える。

　みんなも、私を見て笑みを浮かべていた。

　私の楽しい学園生活は、これからも続いていく。

　この、最高のメンバーと……。

「これからも、よろしくお願いします!」

　大好きな天聖さんと、一緒に――。

【END】

番外編 1
２年生になりました

新学期到来！

　始業式の2日前。

　今日は、入寮日だ。

「わ～……寮、綺麗……！」

　何度か入ったことはあるけど、改めて中に入ってその豪華さに驚く。

　今日からここに住むんだと思うと、ちょっと萎縮してしまうくらい。

「天聖さんとまた隣になれて、嬉しいです……！」

　生徒会寮の最上階は4室あって、正道くん、伊波さん、天聖さん、そして私の4人だけ。

　正道くんと伊波さんが隣同士で、正道くんの前が私。私の隣の部屋が天聖さんで、天聖さんの前の部屋が伊波さんという部屋割り。

「もう荷物は全部か？」

「はい……！」

　引っ越し作業員の人にすべて荷物を運んでもらって、あとは荷ほどきするだけだ。

　といっても、もともと部屋には家電つきで、荷物も少ないからすぐに終わりそう。

　天聖さんも、荷物は最低限しか持ってきていないみたいだから、お互い頑張れば今日中に終わりそうだ。

「花恋、本棚組み立てるって言ってただろ。手伝う

「ありがとうございます……！」

　天聖さんに手伝ってもらって、家具を配置した。

　部屋が完成していくのを見ていると、実感が湧いてくる。

　これからここで暮らすんだって。

「寮生活、わくわくしますね」

　そう言うと、天聖さんは優しい表情を浮かべながら頭を撫でてくれた。

「お前が楽しいならよかった」

　天聖さんは付き合い始めてからも変わらず優しくて……というよりむしろ、今まで以上に優しくなった。

　マンションで暮らしていた時は2日に1度くらいのペースで天聖さんの部屋に泊まっていたし、もう天聖さんのいない生活なんて考えられなくなっている。

　だから……少しだけ、寮生活への不安もあった。

「天聖さんと今までみたいに、気軽にお泊まりできなくなるのは寂しいです……」

　隣の部屋同士とはいえ、寮の中だから気軽に行き来はできなくなると思う。

「できるだろ」

「え？　でも……」

「生徒会寮は点呼がない」

「えっ……！」

　そ、そうなの……!?

　知らなかった……！

「カードキーで管理してるから、点呼の必要がないらしい」

　そうだったんだ……。

　寮のすべての施設を利用する際に、カードキーが必要な
システムになってる。寮に入るのも、部屋に入るのも、全
部カードキーひとつ。

　わざわざ点呼は取らずに、キーで寮にいるかどうか判断
してるのかな。

「だから、いつでも来ればいい」

　私の頭を撫でたまま、そう言ってくれる天聖さん。

「いいんですか……？」

　そんなふうに言われたら……私、頻繁に天聖さんの部屋
に出入りしてしまうと思う……。

「ああ。……俺のほうが、お前がいないと困る」

　天聖さんの言葉に、心臓が大きく高鳴った。

「私も……最近天聖さんと眠るのが当たり前になって
て……」

　そっと、天聖さんの体に抱きついた。

「天聖さんがいないと、寂しいです……」

　できるなら、毎日でも一緒にいたい……。

「……可愛いこと言うな。このまま部屋まで連れて帰るぞ」

　少し強く抱きしめられて、苦しい。

　でも、その苦しさが心地いいなんて思ってしまった。

「後で行ってもいいですか……？」

　天聖さんのお部屋も見てみたいし……できるなら、今日
も一緒に眠りたい……。

「いつでも来い」

　天聖さんの返事に、私は嬉しくて笑顔で頷いた。

　やったっ……。

　——ピンポーン。

　あれ……？

　インターホンの音が聞こえて、玄関に視線を向ける。

　誰だろう……？

「花恋！　歓迎会をしよう！」

　この声は……正道くん？

「みんなテラスに集まってるよ〜！」

　絹世くんも……。

　みんなって……生徒会のみんなでするのかな？

　歓迎会なんてしてもらえると思っていなかったから、私は目を輝かせた。

「天聖さん、行きましょうっ……！」

　もう少しふたりでいたかったけど、みんなを待たせるわけにはいかない。

「ああ」

　天聖さんの服を、ちょこっとつまむ。

　不思議そうに私を見た天聖さんの耳元に、口を寄せた。

「後で、イチャイチャしましょうね……？」

「……っ」

　驚いたように、天聖さんが目を見開いた。

　恥ずかしいことを言ってしまったと照れてしまった私は、みんなの元に急ごうと玄関に向かう。

　けれど、がしりと腕を掴まれて後ろに引っ張られた。

　えっ……？

「て、天聖さっ……ん」

　振り返った途端、熱いキスが降ってきた。

　唐突なキスに驚いて、されるがままになる。

「おーい！　花恋〜！」

　絹世くんの声が聞こえて、天聖さんの胸を押した。

　そっと離してくれた天聖さんは、私を見ていたずらっ子みたいな表情を浮かべている。

「……後でな」

「……っ」

　意地悪モードの天聖さんだ……。

　今からみんなの元に行くっていうのに、顔のほてりが治らないっ……。

　パタパタと、熱を冷ますように手であおぐ。

　玄関の扉を開けると、正道くん、絹世くん、そして伊波さんと陸くんの姿もあった。

「あ、やっと出てきた！　って……」

　絹世くんは、私の後ろを見てびっくりしていた。

「……!?　なんで貴様が花恋の部屋に……！」

　正道くんも、天聖さんがいると思っていなかったのか、顔をしかめている。

「花恋、顔赤くない……？」

「えっ……！」

　ま、まだ赤かったかなっ……。

「そ、そそ、そんなことないよ……！」

　はぐらかしたけど、みんなは私と天聖さんを交互に見て顔を真っ青にしていた。

「お前っ……!!」

　正道くんだけは顔を真っ赤にして、怒りに満ちた表情に変わる。

「生徒会寮は不純異性交遊は禁止だ……!!!!」

　ふじゅんいせいこうゆう……?

「花恋、行くぞ」

　首を傾けた私の肩を組んで、天聖さんが歩き出した。

　その後、LOSTのみんなも生徒会寮に引っ越してきたから、新生徒会役員みんなで歓迎パーティーをした。

　みんなって言っても、ほとんど旧生徒会メンバーとLOSTは別々に固まっていたけど……あはは。

　翌日。

　今日はまだ学校はないけど、生徒会室で新役員で集まる予定があるから、久しぶりの登校日。

　先生たちに挨拶をしたり、各役職を決めるみたい。

　今日から私は……変装をせずに、学校に通う。

　支度が終わって、寮の部屋を出る。

　いつもは変装に時間がかかっているけど、今日はそのまま出てきたから、支度の時間が短かった。

　やっぱり、そのままの姿は楽だな……。

　ちょうど天聖さんも部屋から出てきて、笑顔で挨拶をした。

「おはようございます、天聖さん！」

　天聖さんは私を見て一瞬驚いた表情をしたあと、すぐに微笑みかえしてくれる。

「ああ、おはよう」

　天聖さんには変装をしないことは言ってあるけど、変装なしで制服姿は見慣れなかったのかもしれない。

　一緒にエレベーターに乗ろうとした時、ガチャっと扉が開く音が聞こえた。

「……あ、正道くん！」

「……!?!?!?」

　正道くんは私を見るなり、これでもかと目を見開かせた。

　そして、勢いよく後ろに下がった。

「ま、正道くん……？」

「か、かかかか花恋……！　そ、そそそそ、その格好は……！」

　あれ……？

「これからは変装なしで通おうと思って。……言ってなかったっけ？」

　旧生徒会のメンバーには伝えたと思っていたけど、ちゃんと今日からとは言ってなかったかな……。

「そ、そっか……！　へ、変装は大変だもんね……あはははは」

　正道くんは笑っているけど、遠目からでも汗がすごいし、動揺が隠せてない。

「大丈夫……？」

　そんなに驚くとは思わなくて、なんだか申し訳ない気持ちになった。

「うっ……!!」

　正道くんはついに胸を押さえてうずくまり、苦しみ出した。

　だ、大丈夫なのかなっ……。

「花恋、放っておけ。行くぞ」

　天聖さんが私の手を握って、エレベーターを閉めようとした時、正道くんが「ま、待て……僕も行く……」とふらつきながら立ち上がった。

　まだ登校日ではないから、生徒会室に行くまで他の生徒とすれ違うことはなかった。

　生徒会室に着いて、扉を開ける。

　私たち以外のみんなはすでに揃っていて、笑顔で挨拶をした。

「おはようございます!」

　みんなは私を見たまま、ぽかんと固まっていた。

「その、格好は……」

　大河さんが、私を見て驚いている。

　あ……そうだった。

　私が変装をしていないから、みんなびっくりしている。

「これからは、ありのままの姿で通おうと思います」

　そう宣言すると、真っ先に口を開いたのは絹世くんだった。

「……ダメだよ」

「え？」

「可愛すぎて、全校生徒が腑抜けになるからダメだよ……！」

　絹世くんは両手で顔を隠して、その場にしゃがみこんでしまった。

　え……。

　可愛いって……言ってもらえるのは嬉しいけど、大げさだと思う。

　絹世くんは私を応援してくれていたひとりだから、フィルターがかかっているんじゃないかな……あはは……。

「これが１万年にひとりの逸材……」

「生カレン、えげつないって……」

　よく見ると、まこ先輩と陸くんも私から顔を逸らしていて、他のみんなもこっちを見てくれない。

「あの、みんな……？」

　どうして目を逸らすのっ……？

「今日は仕事にならなさそうだな……」

　こほんと、せき払いした大河さん。

　戸惑っていると、なぜか充希さんだけが私をじっと見たまま近づいてきた。

　至近距離で私の顔を見て、口を開いた充希さん。

「花恋、お前まじで可愛いな」

　えっ……!?

「変装してても可愛かったけど、バケモン並みに可愛い」

「バ、バケモン……」

　褒められてるのかな……？

　その日は初日の生徒会活動日ということもあって、仕事というよりも各自の役割を決めたり、方針を決めたりしたけど……心なしか、みんなと目が合わないように感じた。

新生、生徒会！

【side 正道】

「今日からこのメンバーで、生徒会活動を行っていく」

　　僕の発言に、静かにこっちを見ている役員たち。

　　……他の役員たちは黙っていても構わない。だが……。

「……」

「お前、曲がりなりにも会長だろう！　仕切れ!!」

　　普段は温厚な僕も、つい口調が荒くなってしまう。

　　それもこれも、こいつがあまりに会長としての自覚がないからだ。

　　やる気がなさそうに、会長の席に偉そうに座っている長王院。

「……なったからには、仕事はする」

「もっと何か会長らしいことは言えないのか！」

　　仕事をこなすだけが、会長の仕事ではない。

　　全く……こんな奴が、生徒会を引っ張っていけるのか……。

「はぁ……こんな頼りない会長じゃ、先行きが不安だな……」

　　ため息をつくと、LOSTの新２年が立ち上がった。

「長王院さんを侮辱すんな！　少なくとも、あんたよりは頼り甲斐あるし、トップにふさわしい人や！」

　　なんだと……!!

　僕がこの男に劣っているとでも言いたいのかこの胡散臭い関西弁男は……！！

「ま、正道くん、落ち着いて……！」

　叫び出しそうになった僕の背中を、カレンがそっと撫でてくれた。

「……！?!?」

　思わず、体が硬直する。

　カレンに触れられたという事実ももちろんだが……今のカレンの状態に原因があった。

　入寮を期に、変装するのをやめたカレン。

　寮生活なら学校外に出る必要もないし、もう生徒たちにはカレンだということもバレているから、変装をする理由がなくなったんだろう。

　ただ……免疫がない僕たちにとって、カレンの素顔は衝撃が強すぎた。

　ダメだ……カレンの顔を、見れないっ……！

　見たいけど、見たらみっともない顔になるに違いない……！

　僕は握手会でいつもカレンに会っていたけど、一定の距離があったし、こんな至近距離にカレンがいるなんて今でも信じられない。

　他の奴らも、朝からそわそわして落ち着かない様子だった。

　特に椿なんかは、カレンの顔を見ようとすらしない。

　長王院以外の奴は全員、不自然まるだしだった。

「大丈夫だよ正道くん！ 天聖さんならきっとみんなを引っ張っていってくれるよ」

カレンの笑顔に、めまいがした。眩しすぎて、目がチカチカする。

ただ、長王院に全信頼を置いているのが伝わってきて、胸の奥がモヤモヤしてしまう。

長王院め……今に見ていろ……。

「ぼ、僕も副会長として、生徒会を引っ張っていくよ……！」

僕のほうが有能だということを、証明してやる……！

そして、カレンの心をお前から奪ってやるからな……！

「うんっ！」

再び微笑んだカレンに、心臓を射抜かれて激しい衝撃が走った。

可愛い……ただただ可愛いっ……。

「ふんっ、お前はお飾りの会長で構わない。この僕がいるからな、お前の力なんて不要だ」

宣戦布告をしたけれど、長王院は興味ないと言わんばかりにあくびをしていた。

どこまでも腹がたつ男だ……全く……！

「ひとまず、今日は役割を決めるぞ」

こいつに何を言っても時間の無駄だと思い、生徒会の話を進めることにした。

「よし、これでいい」

長い話し合いの末、ようやく生徒会の役割が決まった。

「は〜、やっと決まったか……」

「副会長の進行が下手だから、時間がかかったな」

　呆れた顔をしている月下と宇堂に、近くにあった花瓶を投げつけてやろうかと本気で悩んだ。

「僕の進行はいつだって完璧だ！　お前たちが勝手なことばかり言うから話が進まなかったんだ……！」

　事実を述べると、まるで煩わしいとでもいうかのように耳を押さえたふたり。

　こいつら……っ。

「正道様、落ち着いてください」

　伊波に言われ、ハッと我に返る。

　そうだな……バカどもに付き合っていたら体力がもたない……。

　それにしても、協調性のかけらもない奴らが集まるとこうも話が進まないものか……。

　役割を決めるだけで、1日を使うことになるとはな……。

　旧生徒会の人間はまだ段取りを理解しているから話は早いが、問題はLOSTの人間たちだ。

　あれは嫌だこれは嫌だと駄々をこね……途中もう、生徒会室から追い出してやろうかと思った。

　椿と榊は話が通じるが……他の面子は会話すら成り立たない。

　特に月下と泉。今すぐ生徒会をやめてほしい。

「どうして僕が保健委員長と体育委員長なの〜！　保健はともかく、体育委員長は嫌だぁあ〜！！」

　最終的に、誰もやりたがらなかった委員を絹世に押し付けたため、絹世が騒いでいる。

「駄々をこねるな」

「ていうか、花恋の生徒会長秘書って……」

　あははと、乾いた笑みをこぼした椿。

　僕も、それだけは全力で拒否したが……結局長王院が折れなかった。

　ちなみに、どのような役職になったかというと、僕が副会長、長王院が会長は固定で、それ以外の要の役割である会計は伊波、書記は大河、庶務は陸。そしてそれ以外が各委員の代表で……花恋は、生徒会長秘書という役割に収まった。

「意味のわからない役職を作りやがって……！」

　全員が反論したが、最終的に初めて生徒会長になった長王院のサポートは僕ひとりでは足りないだろうという話になり、生徒会経験もあるカレンが秘書に決定した。

　不本意極まりないが、秘書とはつまり副会長と似た役割。つまり……カレンが秘書になることで、僕との時間も増える。そう思って、最後は僕も折れた。

「仕方ない……花恋は僕と、補佐役をしようね」

「うんっ」

　僕の言葉に、愛らしく微笑んでくれるカレン。

　胸が、ぎゅんと大きな音を立てた。

「花恋は俺のそばにいてくれればそれでいい」

　お前は黙っていろ……と、心の中で長王院を蹴飛ばした。

　あろうことか、カレンの頭を撫でながら、気持ち悪いくらい甘い顔をしている長王院。

　僕は急いで、その手を振り払った。

「言っておくが……神聖な生徒会室内で、カレンへの接触は一切許さないからな……！」

　僕の目の前でイチャつくのだけは許さない……殺意が芽生えるからな……！

「……」

「聞いてるのか!!!」

　まるで僕の言葉が聞こえていないとでもいうかのような長王院の態度に、僕の怒りは沸点を超えた。

　こんな奴らと、組んでいける気がしない……!!

　初日早々、生徒会室内には不穏な空気が漂っていた。

「もう終わっただろ。今日は解散だ」

　今日は顔合わせと役職を決めるだけだったから、解散しても問題はないが、こいつに言われると腹が立つ。

　疲れた顔をして……お前は黙って座ってただけだろう……!!

「……花恋、帰るか」

「はいっ……！」

　長王院はカレンのカバンを持って、立ち上がった。

「天聖さん、自分で持ちますよ……！」

「いい。早く帰るぞ」

　見せつけるように、カレンの肩を掴んだ長王院。

　くそぉ……!!

「それじゃあ、お疲れ様ですっ。また明日」

　笑顔で僕たちに手を振ったカレン。

　みんな言葉を失い、おぼろげに手を振り返していた。

　ふたりが生徒会室から出ていって、しーんと静まり返る生徒会室内。

「「「はぁぁああ……」」」

　静寂を破るように、いたるところから一斉にため息が聞こえた。

「無理……同じ空間にいるだけで無理……」

　椿が机にうつ伏せて、ぶつぶつと呟いている。

　……大方、カレンの素の姿に相当やられていたんだろう。

「僕も内心緊張で吐きそうだったよ」

　絹世もいつも通りを装いながらも緊張していたのか、悟りを開いたような顔つきをしていた。

「正直、変装しといてほしいくらいっすね……なんかもう目合わすだけで心臓やばいっすもん……」

　各々カレンの姿を思い出しているのか、幸せと困惑が混じったような複雑なため息をついている。

　そして……。

「伊波、お前もか……」

　いつも平常心を崩さないあの伊波ですら、難しい顔をしていた。

「私も男なので。……彼女の可愛さは罪ですね」

　伊波がこんなセリフを口にするなんて……寒気がする。

「ていうか、あんなんで学校通ったら校内中騒ぎになるや

ろ……」

　月下と同じ意見なのは気にくわないが、その通りだ。

　まあ、対策済みだがな。

「花恋には必要最低限近づかないようにと再度通達を出している。新入生もいるからな」

　僕たち生徒会、そしてLOSTを敵に回そうなんて怖いもの知らずは校内にはいないだろうから、迂闊にカレンに近づく輩は現れないはずだ。

　……とはいえ、視線は集めてしまうだろうが……。

「俺、さっき花恋に微笑まれた時1回心臓止まった……」

　椿はカレンのことになると人格が変わるのか、真顔でそう言いながらまた机に伏せた。

「もう……可愛すぎる……どうしよう……」

　人畜無害そうな顔をしてるが腹の中が真っ黒な椿でさえ、カレンの可愛さには抗えないらしい。

　しかし……これだけは断言できる。

「カレンを一番愛しているのはこの僕だ」

　ここにいる誰より、カレンを愛しカレンのために努力してきたと断言できる。

　僕が誇れるのは、カレンへの気持ちくらいだから。

「いや俺だね」

　即答でそう言った椿を、睨みつけてやった。

「僕だよ!!!」

　絹世まで対抗してきて、腹立たしいことこの上ない。

「ねえ武蔵くん〜、武蔵くんのお母さんって、国会議員で

しょ〜、法律変えてよ〜」

　魂が抜けたように黙っていた武蔵に、突然そんなことを言い出した絹世。

「簡単に言うな。それに、何を変えるんだ一体……」

「一妻多夫制度を可能にして！」

　一妻多夫……。

「お前……」

　武蔵がドン引きしている。周りの奴らも、似たような反応だった。

「僕、花恋が一緒にいてくれるなら、２番目でもいいもん！」

　絹世はところどころぶっ飛んでいる奴ではあるが、ここまでとは思わなかった。

　こいつはカレンを崇拝しているから、もう手段は選ばない覚悟らしい。

「僕は絶対に嫌だぞそんなのは……！」

　長王院の次だなんて……考えられない……！

　というより、誰かと花恋を共有するなんて考えただけで虫酸が走る……！

　嫉妬で、頭がおかしくなりそうだ。

「そうだよ絹世。発破かけるつもりはないけどさ、男なら正々堂々奪わなきゃ」

　椿が、にっこりと効果音がつきそうな笑顔を浮かべた。

　こいつもある意味、手段を選ばなさそうな男だな……。

　はぁ……こいつらと話していると、とてつもなく疲れる……。

「お前たちも、用事が済んだならとっとと帰れ。僕は失礼
する。伊波、帰るぞ」

「はい」

　とっととこんな場所から抜け出そうと、カバンを持って
生徒会室を出た。

　カレンはもう寮についているだろうか……。

　実は、カレンに話したいことがあったんだ。ふたりで。

　帰ったら……カレンの部屋に行ってみよう。

　寮に戻って、伊波が部屋に帰っていった。

　それを確認してから、カレンの部屋のインターホンを鳴
らす。

『は、はーい』

　すぐに応答があって、僕はインターホン越しに声をかけ
た。

「カ、カレン、僕だけど……少しだけ話したいことがある
んだ……今いいかな……？」

　そう言えば、カレンは「ちょっと待ってね！」と言って
インターホンを切った。

　すぐに玄関の扉が開いて、カレンが出てきてくれる。

「正道くん、どうしたの？」

「と、突然ごめんね……」

「ううん、平気だよ」

　微笑んでくれるカレンに、罪悪感が溢れた。

「あの……」

　言わないと……。

　僕は下唇を噛み締め、深く頭を下げた。

「ど、どうしたの、正道くん……！」

　僕の突然の行動に、焦っているカレン。

　僕は頭を下げたまま、話を切り出した。

「実は……成績では、カレンが副会長になるはずだったんだ……」

　今朝、職員会議に参加した時に聞いてしまった。

　副会長に選ばれた時から、おかしいとは思っていた。

　僕はカレンがシリウスになってもおかしくないと考えていたから、自分がカレンより上だったことに疑問を抱いた。

　そして今日確認をしたら……案の定だった。

「多分、去年の生徒会長としての活動と、僕が３年であることを考慮して、副会長に……」

　それと、カレンは後期からの編入だったからという理由で、僕が繰り上がりになった。

　総合次席はカレンだったのに。僕が過去の栄光で奪ってしまったんだ。

　今からでもカレンを副会長にしてくれと頼んだけど、もう遅かった。

「なんだ、そんなことだったんだね」

　拍子抜けしたようなカレンの声に顔を上げると、気の抜けた笑顔が視界に映った。

　そんな笑顔さえ可愛くて、こんな時なのに心臓が大きく高鳴る。

「怒らないの……？」

「そんなことで怒らないよっ。それに、正道くんが会長として頑張ってきたことが認められた結果でしょう？」

「……っ」

　カレンはいつだって、僕のことを認めてくれる。

　僕の全部を肯定してくれる。

「私も、正道くんが副会長でいてくれたほうが頼もしいから、よかったっ……」

　いつもそうやって……僕の葛藤も悩みも、一瞬で吹き飛ばしてくれるんだ。

「カレン……」

　こうやって僕は——またカレンに溺れていく。

「これからも、生徒会をよろしくお願いします」

　カレンの笑顔に、少しの間見惚れてしまった。

　ハッと我に返って、急いで返事をする。

「ああ……！」

　安心して。長王院が頼りない会長だとしても……僕が生徒会を、引っ張っていくから。

　副会長として……カレンにかっこいいって思ってもらえるように、頑張るから。

「ま、またカレンと同じ生徒会でいられて、嬉しい……！」

　そう伝えると、カレンはなぜか僕のことをじーっと見つめてきた。

　大きな瞳に見つめられて、顔がぼぼっと熱をもつ。

　ど、どうしたんだろうっ……！

　そ、そんなに見つめられるとっ……。

「正道くん、今でも私のこと……アイドルのカレンとして見てない……？」

「え？」

　どきりと、心臓が大きく跳ね上がる。

　どういう、意味だろう……？

「私と正道くんはアイドルとファンじゃなくて、友達だよ」

「……っ」

　そう言われて、初めて気づいた。

　確かに僕は……今までと変わらず、ファンとしてカレンに接していた気がする。

　僕はずっとカレンのことを応援していたし、大好きだったから……。

　でも……そっか……。

　僕たちはもう、アイドルとただのファンではないって、思っていいのかな……。

　カレンを見て、笑顔を返す。

「あ、ありがとう……"花恋"」

　僕の言葉に、花恋は満面の笑みを見せてくれた。

「うん！」

　僕……幸せだ。

　花恋と再会してから、何度そう思ったかわからない。

　この笑顔ひとつで、僕はどんなことでも頑張れそうな気がした。

　ガチャっと、突然花恋の部屋の扉が開いた。

　驚いて顔を上げると、そこから出てきたのは長王院だった。

「……」

「お前っ……」

　鬱陶しそうに、無言で僕を見ている長王院。

「どうしてまた花恋の部屋にいるんだぁあああ!!!」

　僕の叫びは、生徒会寮中に轟いたことだろう。

　やはり、こいつだけは許さない……!

　絶対にいつか、コテンパンにしてみせる……!!

　僕は改めて、心に固く誓った。

伝説のアイドル、カレン

【side 蛍】

始業式の日。

朝から生徒会で集まって、式の準備をしていた。

生徒会に入ったから、これからは式や行事ごとも迂闊に
サボれない。

まあ、俺も自分の意思で入ったし、LOSTの幹部全員で
入れたのはよかったと思ってるけど。

腐り切った生徒会を、俺たちで変えてやろうなんて、柄
にもなく熱くなってる部分もある。

とりあえず……花恋と同じ生徒会に入れてよかった。

「それじゃあ、全員くれぐれもちゃんと出席するように。
サボりなど言語道断だぞ」

会長が、LOSTの俺たちを見ながらそう言った。

まるでお前たちに言っているんだぞとでも言いたげな顔
に、イラッとする。本当に、こいつは一番気に入らないな。

会長の座を長王院さんに奪われたのも気に入らないの
か、逐一長王院さんに対抗していて滑稽だし。

こいつが、長王院さんに敵うわけがない。

会長である長王院さんにはもちろん従うけど、副会長の
こいつを敬うつもりは一切なかった。

生徒会が終わり、花恋と響と……ついでに陸も一緒に教

室へ向かう。

　俺たちは生徒会役員だから、クラスはＡクラスで確定だ。

「また４人で同じクラスになれてよかったねっ……！」

　花恋が嬉しそうにしていて、慌てて視線を逸らす。

　昨日から、変装を外している花恋。

　花恋の素顔の破壊力は……それはもう、やばいなんて言葉で表せないほど。

　花恋の周りだけ、解像度が違うというか……同じ人間とは思えないほどの美貌に、目も合わせられない状態になっていた。

　俺は普段から感情を表に出すのが得意ではないし、実際に感情が動くこと自体少ないけど……さすがに平常心を保っていられない。

「花恋となれてよかったわ」

　響も同じ状況ながら、なんとかいつも通りに装っていた。

「俺は花恋とふたりでよかったけどね」

　陸もいつもより挙動不審ではあるけど、憎まれ口は相変わらず。

「それにしても……」

　周りをキョロキョロ見渡しながら、響が呟いた。

「視線やばいな……」

　……。まあ、仕方ないだろ……。

　廊下を歩きながら、四方八方から感じる視線。

　全部、花恋に向けられたもの。

「一応花恋には近づかへんようにって、天聖さんからも副

会長からも通達いってるはずやけど……」

　そうは言っても、正直仕方ないだろ。今回ばっかりは生徒側の肩をもつ。

　だって、自分たちの学校の廊下を、あのカレンが歩いてるんだぞ？

　普通に見るし、騒がずにはいられないと思う。

　近づいてこないだけマシ。通達がなかったら、今頃もみくちゃにされてるだろ。

「おい……一ノ瀬さん変装してないぞ……！」

「生カレン、やばすぎ……！」

「神々しすぎるって……ほんとに同じ人間かよ……」

　ぼそぼそと、話している声が聞こえた。

　本人は見られることにも慣れているのか、気づいてないのか……特に気にしていない様子。

　教室に着くと、クラスメイトたちもカレンを見て驚いていた。

　メンツは……ほとんど変わってないか……。

　１年とクラスメイトも変わってないみたいだから、かわり映えのない光景だ。

「なんで!!!」

　叫び声が聞こえて、視線を向ける。

　花恋を見て、目をかっ開いている石田がいた。

「あ……芽衣ちゃん!!」

　笑顔で駆け寄った花恋に対して、一歩後ずさった石田。

「かっ……」

「か？」

「かかかか、花恋……!?」

　うるさいけど、この反応は普通の反応だ。

　挙動不審な石田に戸惑っている花恋。石田は……突然鼻を押さえ出した。

「ごめんなさい……美しすぎて鼻血が……」

「えっ……鼻血!?　大丈夫!?」

　花恋が慌ててハンカチを出して、石田に渡している。

「これ使って……！」

「えっ……か、花恋のハンカチ、いいの……!?」

　……。さすがに気持ち悪いな……。

「お前、日に日に気持ち悪くなってるな」

　陸も同じことを思ったのか、さげすむ顔で石田を見ていた。

「気安く話しかけないでくれる？」

「……」

　バチバチ火花を散らしあっているふたりの光景も、最近じゃ見慣れた。

　今までは、石田が陸に媚びを売っていたけれど……石田の中ではもう完全に、陸は花恋を奪い合うライバル認定らしい。

　陸には一切興味がないどころか、嫌いなオーラがダダ漏れだ。

「ふふっ、ふたりの会話って漫才みたいで面白い」

　このふたりの不仲さに気づいてないのは、花恋ひとりだ

けだ。

　騒がしくてバカみたいに平和な日常が続くことに、鬱陶しさ半分……安心半分。花恋が笑っているからいいかなんて思っている俺も、相当やられているなと痛感した。

LOST vs 旧生徒会

　新学期が始まって、1週間が経った。

　生徒会活動は順調……。

「おい長王院！　職員会議に行けと言っただろ!!」

　……とは、言えない状態だった。

　正道くんと天聖さん、また言い争ってる……。

　争ってるというよりも、正道くんが一方的に怒ってるだけだけど……あはは……。

「行った」

「嘘をつくな!!　戻ってくるのが早すぎる」

「終わった」

「……は？」

　正道くんが、驚いた様子で目を見開いている。

「天聖が怖すぎて、教員も何も話せなかったんじゃない？」

　仁さんが、苦笑いでそう言った。

　確かに、天聖さんは職員室にちゃんと行っていた。すぐに戻ってきていたけど。

「ちっ……役立たずな生徒会長だな……!!」

　正道くんは怪訝そうに、鋭い目で天聖さんを睨んでいる。

「生徒会長としての基本の仕事だ！　毎日、この山積みの資料をチェックして、サインを……」

「終わった」

「は？」

「全部やった」

「はっ、この量をこんな一瞬で……」

　ありえないとでも言いたげな表情で、資料を確認している正道くん。

　正道くんの顔は、みるみるうちに青ざめていく。

「だから終わったって言ってるだろ」

「キィィイイイ……!!」

　本当に終わっていたらしく、正道くんはこれでもかというほど歯を食いしばっていた。

「おい久世城、天聖が有能すぎて気に入らないのはわかるが、突っかかるのはよせ。惨めになるだけだぞ」

　大河さんの忠告に、正道くんはさっき以上に顔を険しくし、鬼の形相になった。

「大河、はっきり言いすぎ……」

　大河さんの隣の席の仁さんも、苦笑いしていた。

「榊、お前は黙って自分の仕事だけをしていろ!!　おい1年!　このまとめ方はなんだ?」

「何って?　言われた通りまとめたっすけど」

　今度は正道くんの怒りの矛先が響くんに向かったのか、響くんは鬱陶しそうに返事をした。

「雑すぎる!!　お前はこんな簡単な仕事もろくにできないのか!!」

「は〜……なんでFSの人らってこんな怒ってばっかなん……?」

　まだ活動が始まってから1週間しか経ってないけれど、

生徒会の空気は、正直最悪な状態だった。

　毎日のように繰り広げられている口論、お説教、挙句の果てには喧嘩にまで発展することもしばしば……。

「おいチビ、これはどうすんだよ」

「ひぃっ……!!　こ、ここは、えっと……」

「とっとと説明しろ!!　あと声がちっせーんだよ!!」

「ひぃいいいっ……!」

　向こうでは、絹世くんが充希さんに怒られて完全に萎縮している。

　も、もう、どこから止めにいけばいいのかっ……。

「こんな状態で、やっていけるのか……」

　まこ先輩が、呆れ果てた様子でため息をついた。

「組織として、まとまりのかけらもないぞ……」

　大河さんも同じく頭を抱えている。

「LOSTの奴らが使いものにならないからな」

「お前らの教え方が悪いんやろ……」

　正道くんと響くんはバチバチと火花を散らしあっていて、もう手のつけようがない。

「み、みんな、仲良くしましょう……?」

　そう言えば、みんなが一斉に私を見た。

「か、花恋が言うなら……」

　こんなふうに、仲裁に入れば止まってくれるけど……目を離すとまたすぐに喧嘩が始まってしまう。

　もともと、生徒会はLOSTを嫌っていたし、LOSTも生徒会のことはよく思っていなかった。

　そんな関係のみんなが同じ組織になったら、最初は衝突することもあるだろうなと思ってはいたけど……想像以上に険悪なムードに、私もどうすればいいのかわからない。

　このままだと、生徒会の仕事にも支障が出そうだ。

　天聖さんが有能すぎて、すぐに仕事を終わらせてくれるから今はなんとか回せているけど……会議は話が進まないし、相談しなきゃいけないような仕事も、いつも話がまとまらない。

「ほい、資料まとめ終わりっ。あー、休憩しよ」

「お前、さっきから休んでばっかりだろ……！　休憩しかしてないじゃないか！」

「は？　ちゃんと働いてるやろ！」

　また口論を始めてしまった正道くんと響くんに、焦りがこみ上げた。

　このままじゃ、ダメだよね……。

　生徒会のみんなが、仲良くしてくれる方法はないかな……。

　学校が終わって寮に戻ってきてからも、ずっとそれを考えていた。

　でも、いい案は浮かぶどころか、考えれば考えるほど無理なんじゃないかと諦めの気持ちが滲んでしまう。

　もともと、生徒会とLOSTの仲は最悪だったと思うから、そんなみんなを仲良くさせるなんて、無理があると思う。

　それに……仲良くしてほしいっていうのは、私のエゴだ。

　生徒会の雰囲気がいいほうが、みんなも活動しやすいだろうなって思うけど……それはみんなが望んでいることではないかもしれない。

　何が最適なのはわからなくなって、ため息が溢れた。

「どうした？」

　お風呂に入っていたはずの天聖さんが、顔を覗き込んできてびっくりした。

　い、いつ出てきたんだろうっ……気づかなかった……。

　ちなみに、今は天聖さんのお部屋にいる。

　今日はお泊りする約束をしていて、私はもうお風呂も済ませて授業の復習をしていた。

「天聖さん……！　出てたんですね……！」

「ああ。……気づかないくらい考え込んでいたのか？」

　心配そうに私を見ながら、図星を突いてくる天聖さん。

「最近、ずっと暗い顔してるだろ」

　そ、そんなに顔に出してしまってたかな……。

「生徒会のことか？」

　天聖さんに嘘をつく必要もごまかす必要もないので、正直に頷いた。

「はい……。どうすれば、みんなが仲良くしてくれるかなって……」

　私の言葉に、天聖さんが難しい顔をした。

　そうだよね……そんな方法があったら、天聖さんだって知りたいよね……。

　毎日理不尽に正道くんに怒られているし……あはは……。

「……仲良くは無理でも、信頼関係が築けたらいいなって思ってるんです……」

「……」

「今のみんなは……お互いにリスペクトが足りない気がして……」

　私が一番心配しているのはそこで、みんながいがみ合っている理由もお互いへの尊敬の気持ちが足りないからじゃないかって思ってる。

　みんなそれぞれ能力が高いし、すごい人たちが集まっているのに……お互いを尊重しきれてない。

「そうだな」

「……それに、元はといえば、みんなが生徒会に入るきっかけを作ったのは私みたいなものだから……私が入寮するなんて言わなければ、こんなことにはならなかったのかなって……」

　みんなが険悪な空気の中、活動しているのを見て、罪悪感を覚えてた。

「みんなイヤイヤ生徒会の活動をしてる気がして、申し訳なくて……」

　みんなが自分のためだけに動いてくれているなんて自惚れたことは思ってないけど、天聖さんが生徒会に入るって言ってくれたのは私のためで、きっかけを作ったのは間違いなく私。だから、責任も私にある。

　私があんなことを言わなければ……みんなはそれぞれ生徒会とLOSTっていう居心地のいい環境にいられたんじゃ

ないかな……。

　どうしても、そんなふうに考えてしまった。

「お前が気負う必要はない」

　天聖さんが、ぽんっと優しく頭を撫でてくれる。

「全員、自分の意思で生徒会に入ったんだ」

「……」

「お前は責任感が強いから、いつも自分のせいにしてるが、身に起きることは全部自己責任だ。花恋が罪悪感をもつ必要は少しもない」

　少しだけ、気持ちが軽くなる。

　天聖さんの言葉は、いつだって魔法みたい。

「俺も、生徒会がマシになるようになんとかする」

　天聖さんが語る言葉には、どうしてこんなにも説得力があるんだろう。

　この人ならなんとかしてくれるっていう、絶対的な信頼がある。

　だから私は、いつだって甘えてしまうんだろう……。

「天聖さんは十分頑張ってくれてます」

　好きって気持ちが溢れて、思わず自分から抱きついた。

「お前のおかげだ」

　天聖さんは優しく受け止めてくれて、そっと抱きしめ返してくれる。

「俺は、生徒会に入ってよかったと思ってる」

　天聖さん……。

　そう言ってもらえて、すごく嬉しかった。

「疲れただろ、今日はもう寝るか？」

「はいっ……」

　頷くと、天聖さんは抱きしめたまま私を抱えた。

「わっ……」

　ベッドまで移動させてくれて、広いマットレスに沈む。

「ふふっ」

「どうした？」

　私の隣に横になった天聖さんが、不思議そうにこっちを
見た。

「大好きだなって思いました」

　無性に言いたくなって言葉にすると、天聖さんはなぜか
眉をひそめた。

「……俺の理性を試してるのか？」

「え？」

　理性……？

「……いや、なんでもない」

　私に布団をかけてくれて、「おやすみ」と耳元で囁いた
天聖さん。

　私はそっと、天聖さんにキスをした。

「えへへっ、おやすみなさい」

「……」

　最後に見た天聖さんの顔が、何かをこらえているみたい
に見えたのは気のせいかもしれない。

葛藤
（かっとう）

　それから、1週間が経った。

　生徒会は……。

「おい2年!!　何度言えばわかるんだ!!　綺麗にまとめろと言っているだろ!!」

　……相変わらず、険悪なムードのままです……。

　何もできない自分が不甲斐ない……。

　今も絶賛、正道くんと響くんが言い合いを始めてしまったところ。

「別に、理解できたらええやろ。綺麗にまとめることになんで労力使わなあかんねん」

「まずお前はその口のきき方から直せ!!　年上は敬えと教わらなかったのか!!」

「年とか関係ないやろ。敬いたいと思うかどうか。お前に対しては思われへんから無理や」

「お前っ……!!」

　正道くんが顔を真っ赤にしながら、怒りをあらわにしている。

「おいチビ!!　お前入力間違ってんだろこれ!!」

　別のところでは、充希さんの怒鳴り声が聞こえた。

　今日は朝から体調が悪くて、大きな声が頭に響いた。

　ズキズキと、ひどい頭痛がする。

「ひいいっ……!　ごめんなさい……!」

「お前生徒会２年目だろーが!!　こんな凡ミスで俺の仕事増やすんじゃねーよ!!」

「ひぃぃいいいっ……!!」

　絹世くんがあまりにかわいそうになり、急いで駆け寄った。

　走ったら頭がぐらぐらしたけど、体調が悪いなんて言っている場合じゃない。

「み、充希さん、絹世くんが怖がってるので、もう少し優しく接してあげててください……!!」

　充希さんは不満そうにしながらも、舌打ちをして絹世くんから視線を逸らした。

「絹世くん、大丈夫？」

「か、花恋がいるからなんとかやっていけてるけど、もうパワハラに耐えられないかもしれない……」

　今まで以上に隈がひどいから、絹世くんのストレスも限界なんだろう。

「おい長王院!!」

　今度は天聖さんに突っかかっていった正道くん。

「お前のこの議事録はなんだ!!　意味がわからない!!」

「議事録なんか取らなくても覚えてる」

「一字一句か!?　そんなはずないだろ!!」

「覚えてる。……全部再現してやろうか？」

「……っ!!」

　あ、あはは……。

　正道くんは毎日のように天聖さんに突っかかっていって

いる。

　天聖さん、仕事も完璧だし会長として文句がないと思うんだけど……正道くんは何がそんなに気になるんだろう……。

「副会長うるさすぎやろ……」

「お前も大概うるさいぞ月下。話している暇があるなら手を動かせ。お前は作業スピードが遅すぎる」

　まこ先輩が、呆れたように響くんに言った。

「そりゃ生徒会入ったばっかやし、お前らと比べられたら困るわ」

「副会長も言っていたが、お前のその口のきき方は目に余る。敬語くらい使え」

「だからさっきも言ったやろ。お前らが敬える先輩になれやって」

「馬鹿と話していたら、埒が明かないな……おい陸、教育しておけ」

「馬鹿馬鹿馬鹿って……お前らそれしか言われへんのか」

　険悪どころじゃない……もう空気が地獄だっ……。

「俺に振られても困ります。響は筋金入りの馬鹿なんで」

「ちょっと、あんまりうちの後輩いじめないでよ。俺がちゃんと教えとくから」

　仁さんが間に入ってくれて、響くんが笑顔になった。

「仁さんのことは尊敬してます！」

「ありがと」

　仁さんはまだ中立の立場だから、こうして止めに入って

くれることもしばしば。

　仁さんがいなかったら、もっと大変な状態になってた……。

　生徒会は、ずっとこのままなのかな……。

　もしかすると、途中で解散みたいなことになっちゃったり……。

　せっかくみんなで生徒会になれたけれど、このままの状態で活動していたらいつか亀裂が生まれると思う。

「LOSTの人間はルールも守れないのか……チンパンジーのほうがまだものわかりがいいぞ」

　正道くんが、ぼそりと呟いた。

「あ？　誰がチンパンジーだと？」

　充希さんが反応して、立ち上がる。

「みんな、仲良くしましょうっ……！」

　私は、どうすればいいのかな……。

　みんなで協力して、生徒会がもっといい組織になればいいなって思ってるけど……やっぱりそれは私のエゴなのかな……。

「思ったことを言っただけだ」

「ぶっ殺すぞ」

「ふたりとも……」

　私の声は……みんなには、届かないのかな……。

　喧嘩を止めるため再び立ち上がろうとしたけど、ひどいめまいがした。

「……おい」

　低い声が、生徒会室に響く。

「いいかげんにしろ」

　その声は天聖さんのもので、室内がしん……と静まった。

　天聖さんは立ち上がって、私のほうに歩み寄ってくる。

「花恋、保健室行くぞ」

「え？」

　驚いて顔を上げると、天聖さんの大きな手が私の額に触れた。

「お前、熱あるだろ」

　天聖さん……気づいてたの……？

「えっ……か、花恋、そうなの……!?」

　正道くんが、心配そうに駆け寄ってくる。

「あ……う、ううん、全然平気だよ……！」

　気づかれないようにしていたつもりなのに、どうしてわかったんだろう。

　私はポーカーフェイスが得意なほうだと自分で思っていて、仕事で熱を出しながらライブをした時も、誰にもバレなかった。

　天聖さんにどうして気づかれたのかわからなくて驚いていると、そっと抱きかかえられた。

「行くぞ」

　私を抱えたまま、生徒会室を出た天聖さん。

「どうしてわかったんですか……？」

「恋人の異変に気づかない奴がいるか」

　私の質問に、天聖さんは即答した。

　そっか……。

　やっぱり天聖さんは……私のことを、いつだって見守ってくれてるんだ……。

　嬉しくて、胸の奥がじんわりと温かくなる。

　落ちないように大きな体に抱きつきながら……私はそっと意識を手放した。

君のためなら

【side 充希】

　天聖に抱えられて、出ていった花恋。

　残された俺たちは、呆然と花恋たちが出て行った扉を見つめていた。

「花恋、熱でとったとか知らんかった……」

　響が、苦しげな声色でそう言った。

　今日も、いつも通りに見えたのに……。

　生徒会室は静まり返り、物音ひとつしない。

　静寂を破ったのは、扉が開く音だった。

「長王院さん……！」

　天聖が戻ってきて、その場にいた奴らが一斉に顔を上げる。

　花恋は、大丈夫なのか……？

　目線で訴えると、天聖さんは帰る支度をしながら口を開いた。

「今保健室で休ませてる。今日はこのまま早退させる」

「花恋、体調そんなに悪かったの……？」

「38度まで熱が上がってた」

　天聖の返事に、驚いて目を見開いた。

　そんなに熱があったのか……？

　なら、本人だって体調が悪い自覚があったはずだ。どうして、言わなかったんだ……。

「知恵熱だ。あいつ、生徒会のメンバーがどうすれば仲良くなるかって、ずっと悩んでたからな」

……っ。

ごくりと、息を飲む。心当たりがあったから。

俺以外の奴らも、神妙な面持ちになっていた。

天聖は花恋の荷物を抱えたまま、久世城たちのほうを見た。

「お前たち生徒会が、俺たちを毛嫌いしてるのは知ってる。ただ、もう生徒会になったものは今さら変えようがないだろ。嫌いだろうがなんだろうが、協力するべきなんじゃないのか」

珍しく、ど正論をかました天聖に、旧生徒会のメンバーが言葉を詰まらせている。

「LOSTの奴らも、生徒会の古株に対しての態度がなってない。俺たちは教わる立場だ。敬う敬えないは関係なく、相応の態度をとるべきだろ」

LOSTのメンバーも思い当たる節があるから、何も言えなくなっていた。

多分、響や俺に言っているんだろう。

「お前たちは……俺たちがいがみ合うことで、あいつが責任を感じるってわからないのか？」

花恋が……？

「俺たちがしょうもない口論をするたびに、あいつが傷ついてたことにどうして気づかなかった？」

普段は冷静で、感情を表に出さない天聖。その天聖が、

キレているのがわかった。

　口数が少ないからこそ、そんな天聖の正論が刺さる。

「花恋を苦しめたいなら、各々これからも自分勝手にすればいい」

　そんなわけ、ないだろ……。

　俺たちは、花恋といたくてここにいるんだ。必死に生徒会に入った。

「あいつの笑顔を守りたいなら、変わる努力をしろ」

　それだけ言って、天聖はとっとと生徒会室を出て行った。

「俺たちが、悩ませていたのか……」

　仁が、震える声でそう呟いた。

　後悔の念に押しつぶされているのか、頭を押さえてうつむいている。

「……ああ。俺たちが子供だから、花恋を困らせてたんだ」

　眉間にしわを寄せながら、ずっと黙っていた大河が口を開いた。

　熱が出るまで悩んでいたとか、相当だ……。

　俺たちが、原因で……。

「僕だ……」

　誰の声かわからなくなるくらい、情けない声だった。

　久世城……？

「僕が長王院に張り合って、突っかかって……元生徒会長として引っ張っていくべき立場にいながら、副会長らしからぬ態度ばかりとっていた」

　久世城も自覚があったのか、うつむいたまま声を震わせ

ている。

「また、僕は花恋を苦しめていたのか……」

　頭を抱えたまま、今にも泣きそうな久世城に驚いた。

　こいつ……いつもはバカみたいに偉そうなくせに……。

　花恋に対して盲目だとは思っていたけど、ここまで人が変わるとは思わなかった。

「正道様……」

　水瀬が、久世城と視線を合わせるように跪いた。

「その通りではありますが、そこまで自分を責めないでください」

「……」

　なぐさめるかと思いきや、追い討ちをかけるように言っている水瀬。

　こいつも内心、花恋に負担がかかってることに気づいていて、久世城に怒っていたのかもしれない。

「俺も……生徒会の奴にへり下るんが嫌やったから、偉そうな態度ばっかとっとった」

　響が立ち上がって、生徒会の奴らのほうを見た。

「すみませんでした……」

　大の生徒会嫌いだった響が頭を下げたことに、他の連中も驚いている。

　ちらりと、仁が俺を見た。

　なんだよその視線は……。

　まるで、響も謝ったんだから俺も謝れと言わんばかりの視線に苛立つ。

　どうせ、俺のチビへの態度について指摘したいんだろう。

　俺は別にビビらせようなんか思ってねーし、このチビが
いつも勝手に俺にビビってるだけだろ……。

「……ちっ」

「ひいっ……！」

　俺が舌を鳴らすと、チビがあからさまに反応した。

「充希」

　俺を諭すように、名前を呼んでくる仁。

　あー……くそ……。

「お前、いっつも俺にビクビクしてんじゃねーよ。そうい
う態度とられんのが一番ムカつくんだっつーの」

「ひいっ……！」

　多少俺も非を認めて歩み寄ってやろうとしたのに、なぜ
かまたビビっているチビ。

「充希！」

　あー、うるせぇ……。

　なんて言えばいいんだよ……。

　態度悪くてごめんなんか、俺はぜってー言わねぇからな。

　でも、まあ……。

「……もっと堂々としてろ。怯むな」

　花恋のためなら……譲歩はしてやる……。

「え……ぼ、僕が悪いの……？」

「俺にも非は……多少はあった」

「多少……」

「あ？」

　何か言いたげなチビを睨めば、また「ひぃっ……！」と情けない声を上げている。

「絹世、充希は普通に接してほしいんだよ。怯えなくていいから、俺といる時みたいに接してあげて」

　仁に言われて、不満そうにしながらも頷いているチビ。

「う、うん……僕に原因があるみたいなこの空気は納得できないけど、わかった……」

　こいつ、やっぱりムカつくな……。一発しばきたい。

　そう思ったけど、俺もぐっとこらえる。

　花恋のためなら……感情もコントロールできるようにならないといけない。

　俺はすぐに感情的になってしまうから。

　他の奴らも、天聖に発破をかけられたからか、表情に決意を滲ませていた。

「あのさ」

　仁が、ゆっくりと話し始めた。

「花恋はさ、周りにいる人間のこと、すごく大切にできる子だと思うんだ」

　その通りだと思う。花恋は慈愛に満ち溢れている女だ。

　いつだって周りのことを優先に考えて、自分のことを後回しにしてしまうくらい、優しい人間。だからこそ好きになった。

　こんな女は、他にいないと思った。

「きっと花恋は……俺たちがいがみ合っていたことに、誰よりも胸を痛めていたのかもしれない」

　俺も、天聖に言われて気づいた。

　自分のことで精一杯で、花恋が傷ついていることに気づけなかった。

　何より、天聖に気付かされたことが情けない。

　花恋への気持ちの差を、見せつけられたみたいだった。

「俺は、花恋のためならなんだってできるよ」

　珍しく、顔から笑顔を消して、真剣な表情を浮かべている仁。

「みんなもそうでしょ？」

　……当たり前だ。

　あれだけ毛嫌いしてた生徒会に入ったんだ、この俺が。

　花恋のためなら、なんだってしてやる。

「俺たち、花恋に笑顔でいてほしいって気持ちだけは、同じはずなんだから」

　……。

　考え方も価値観も、バラバラの奴らが集まった生徒会。

　俺たちの共通点といえば、確かにそれくらいだ。

　他の奴と一緒にされるのは癪だけどな。

「そうだな」

　大河が、ふっと微笑んだ。

　仁はそれを見て、何やら意味深に口角をあげた。

「あと……あいつから、花恋を奪いたいって気持ちもね」

　……はっ、確かに。

　一応利害は一致していたのは盲点だった。

「お前たちは気に入らないが、花恋のためなら仕方ない」

　久世城が、ようやく顔を上げた。

　その表情はさっきみたいな情けないものではなく、決心を固めたようにしゃんとしている。

「これ以上……花恋を苦しめることだけはしたくない」

　響も心を入れ替えたのか、まっすぐ前を見ていた。

　俺も……。

　花恋のためなら、仕方ない。

　こいつらのことは死ぬほど気に入らないけど、花恋の笑顔を守るためなら、多少の不満は飲み込んでやる。

　俺をここまでさせるのは、世界中どこを探してもお前くらいだ、花恋。

これから

　ゆっくりと、重たい瞼を持ち上げる。

　視界に映ったのは、真っ白な天井。

　あれ……ここ、どこ……？

「起きたか？」

　天聖さんの声が聞こえて視線を移すと、心配そうに私を見つめる瞳と目があった。

　ここ、保健室……？

　そう気づいて、ハッとした。

　そうだ、確か私、天聖さんに抱えられて保健室に向かっていて……記憶が途中で途切れてる。

「ごめんなさい……私、記憶がなくて……」

「保健室に向かってる最中で、意識失ってたからな。……大丈夫か？」

　不安そうに顔を覗き込んでくる天聖さん。よっぽど心配をかけたんだろうと思った。

「もう平気です！　ありがとうございます……！」

　まだ熱はありそうだけど、さっきのようなめまいはしないし、頭痛もマシになってる。

　もしさっきのまま無理をして生徒会にいたら倒れていたかもしれないから……天聖さんに感謝だ。

「悪い」

　ありがとうございますと感謝を口にしようとした私より

も先に、天聖さんがそう言った。

「え？」

　悪いって……なんの謝罪だろう……？

　謝られるようなことをされた覚えがまったくなくて、首を傾げる。

　天聖さんは、顔をしかめながら口を開いた。

「なんとかするって言っておきながら、花恋のことをここまで追い詰めた」

　えっ……ど、どうして天聖さんが責任を感じているんだろうっ……。

「天聖さんのせいじゃないです……！」

　私が熱を出したのも、私の体調管理不足だし……天聖さんは少しも悪くない。

　むしろ……。

「気づいてくれて、ありがとうございます」

　感謝しなきゃいけないのに……。

　笑顔を向けると、天聖さんはますます眉間にしわを寄せた。

　納得できないって感じだ……あはは……。

　でも、本当に天聖さんに非は少しもないのに。

「天聖さんが見ていてくれるから……私は安心して頑張れます」

　天聖さんがいなかったら、今の私はないから……。

　いつだって守ってくれる、私にとってのヒーローだ。

　天聖さんを抱きしめたくて、手を伸ばす。

「花恋……！」

　けれど、扉が開く音と誰かの声が同時に響いて、急いで離れた。

　この声……正道くん？

　カーテンが勢いよく開いて、現れたのは正道くん……だけじゃなく、生徒会のみんなだった。

　全員揃って保健室に入ってきて、驚いてパチパチと目を瞬かせる。

「ごめん……！」

　正道くんの謝罪を合図に、みんなが頭を下げた。

　ど、どうしたの……！

　目の前の光景に、パニックになった。

「み、みんなっ……？」

「僕たちが喧嘩ばかりして……花恋の負担を増やしてしまった……本当にすまない……！！」

　え……。

　どうして、私が悩んでいたことを知ってるんだろう……。

　もしかして……。

　天聖さんのほうを見ると、私を見て微笑んでいた。

　やっぱり、天聖さんがみんなに何か言ってくれたのかなっ……。

「花恋が思い詰めてることにも気づかへんくて、ほんまにごめんな……」

「俺たちが花恋と一緒にいたくて生徒会になったのに……こんなことになってごめん」

「これからは俺たちも組織としてまとまるように努力する」

　響くん、仁さん、大河さん、みんなも……。

　変わろうとしてくれていることに、嬉しくなって胸が詰まる。

　私の声は届かないと思っていたけど……よかった……。

「さっき、いやいやだけど泉くんも謝ってくれたんだよ……！　これからは僕への態度を改めてくれると思うから、安心してよ花恋……！」

「お前、ずいぶん偉そうだな……」

「ひっ……！」

　絹世くんと充希さんのやりとりに、くすっと笑ってしまった。

　何も変わってないようにも見えるけど、みんなが心を入れ替えてくれたことが嬉しい。

「あのね……」

　私も、自分の気持ちをちゃんと伝えよう。

「私はみんなのこと、大切だから……みんなもお互いのこと、大事に思ってくれたらなって……でも、これは私のエゴなんだけど……その……」

　言いたいことがまとまらなくて、言葉に詰まる。

　私のつたない話をみんなじっと聞いてくれて、ゆっくりだけど思っていることを言葉にした。

「みんな私の、大事な仲間だって勝手に思ってるから……そんなみんなが喧嘩してるのを見るのは、悲しくて……」

　どうしてか、今悲しいわけじゃないのに涙が溢れた。

　まだ生徒会が新しくなってから、1ヶ月も経っていないけど……この期間、ずっと苦しかった気がする。

　大切なみんなが衝突している光景に、ずっと胸が痛かった。

「だから……みんなにとっても居心地がいい、新しい居場所になるような……そんな生徒会になればいいなって思ってる……」

　なんとか、思っていることを全部吐き出せた。

　ずっと黙って聞いてくれていた正道くんが、こくりと頷いてくれる。

「もういがみあうのはやめる……！　僕たち、生徒会の仲間として協力するよ……！」

　正道くん……。

「だから、泣かないでっ……」

　えへへ……。

　私は涙を拭って、笑顔を向けた。

「ありがとうっ……」

　生徒会がいい意味で変わっていくような……そんな予感がした。

極上男子は、奪いたい。

　私は数日間熱が引かなくて、3日間学校を休んだ。

　あれから、生徒会は……。

「おい2年‼　……じゃなくて……っ、月下、リストの整理は終わったか」

「おー、終わったで……ちゃうくて、終わりました」

　少しずつ、変化していた。

　正道くんはあんまり怒らなくなったし、天聖さんにつっかかっているところは今もよく見かけるけど……なんというか、副会長らしくなった。

　喧嘩に発展しそうになった時も、ぐっとこらえているし、響くんたちへの態度も少し丸くなった。

　もとより正道くんは仕事ができる人だから、テキパキと自分の仕事をこなしつつ周りのフォローにも当たっている。

「チビ‼　……じゃなくて、羽白」

「ひっ……は、はい」

「これ、どうすんのかわかんねぇ、教えろ」

「わ、わかった……！」

　充希さんと絹世くんも、前のような上下関係はなくなったように思えた。

　たまに絹世くんが萎縮してるけど……あはは。

「花恋のおかげで、僕のストレスも減ったよ……」

　嬉しそうに、微笑んでいる絹世くん。

　隈もマシになっていて、久しぶりに満面の天使の笑みを見れた気がした。

　嬉しくて、思わず弟にするみたいに絹世くんの頬に手を重ねた。

「絹世くん、よかったねっ……！」

　ぐりぐりと頬を撫でると、絹世くんの顔がぼぼぼっと音を立てて赤く染まった。

「へっ……!?!?」

　あれ……？

「絹世!!!」

　正道くんの怒号が聞こえて、視線を移す。

　よく見ると、周りのみんなが目を見開いてこっちを見ていた。

「ちっさい先輩、羨まし……」

　響くんが、うなるように何か言った気がした。

「おいチビ!!」

「絹世だけ、ずるい……」

　充希さんや仁さんまで何か言いたげな顔をしていて、ますます疑問が膨らむ。

　首を傾げていると、陸くんが歩み寄ってきた。

「ねえ花恋、今の俺にもして？」

「陸!!　やめろ！」

「武蔵先輩だってしてもらいたいくせに」

　今のって……絹世くんにぐりぐりしたこと？

「ていうか……花恋って前から思ってたけど、ちっさい先輩に甘ない?」

　私もずっと気になってたけど、響くんは絹世くんのことをちっさい先輩って呼ぶのかな?　あはは……。

　それにしても、私が絹世くんに甘い……?

　そんな自覚はなかった……。でも確かに、絹世くんって弟みたいで可愛いっていうか……甘やかしたくなる。

「絹世くんは可愛がりたくなるんだ」

　笑顔でそう答えれば、絹世くんはますます顔を真っ赤にした。

「僕、可愛い顔で生まれてよかったよ……」

「お前は別に可愛くない!」

　正道くんがツッコミを入れてるけど、私はとっても可愛いと思う。

「チビじゃなくて、俺のこと可愛がれよ……」

　充希さんが、不満そうに私の肩を抱いた。

　充希さんも、LOSTのメンバーの中では一番姉心をくすぐられる存在だから、弟みたいに接してるほうだと思う。

　というか、みんなどうしちゃったの……?

「この生徒会は無法地帯だな……」

　大河さんが、呆れたように呟いた。

「そういう大河さんこそ、羨ましそうな目をしていますよ」

「……まあ、少しな……」

　伊波さんに指摘されて、こほんとせき払いしてる。

「花恋」

　今度は天聖さんに名前を呼ばれて振り返ると、腕を引かれた。

　充希さんから離すように、私の肩を抱き寄せた天聖さん。

　その表情が、少しだけ不満そうに見えた。

「天聖が嫉妬で燃えてるぞ」

「え？」

　大河さんの言葉に、驚いて目を見開く。

　天聖さんが、嫉妬……？

　普段、天聖さんは感情を表に出すことが少ない。

　何に対して嫉妬したかわからない……もしかして、絹世くんの頬を撫で回したから……？

「て、天聖さん？」

「……」

　顔を覗き込むと、やっぱり天聖さんはむすっとした表情をしていた。

「俺にもしろ、さっきの」

　甘えるように、そう言ってきた天聖さん。

　胸が、きゅんっと音を鳴らした。

　か、可愛いっ……。

　みんながいなかったら、今すぐぎゅっと抱きしめていた。

　さすがに、みんなの前だから……イチャイチャするのは恥ずかしい。

「帰ったら、たくさんしてあげますから」

　私は誰にも聞こえないような声で、そう伝えた。

　天聖さんが、満足げに微笑む。

　ご機嫌になってくれたみたいで、よかったっ……。

「い、今何言ったの？」

　耳打ちしたのを見ていたのか、正道くんが怖い顔で聞いてくる。

「内緒です」

　そう言えば、正道くんはショックを受けたように固まってしまった。

「ずるい……」

　絹世くんも、何やら歯を食いしばっている。

「長王院め……」

　怒っているのか、プルプルと震えている正道くん。

「今に見ていろ！　絶対にお前から奪ってやるからな……！」

　え……？

　宣戦布告をするように、天聖さんを指差しながら大きな声を上げた。

「いや、奪うのは俺だよ」

　仁さんも……？

「俺に決まってんだろ。なんならタイマンで決着つけるか？」

　充希さんまで……。

　みんな、そんなにも生徒会長の座が欲しかったんだ……。

　意外だったから驚いたけれど、目標があるのはいいことだ。

「タイマン……はっ、これだからLOSTは野蛮だと言われるんだ……」

「あ？　お前なんかワンパンで沈めんぞ」

　ばちばちと火花を散らしあっている正道くんと充希さん。

　ふたりの姿に、苦笑いが溢れた。

　まだまだ喧嘩の多い生徒会だけど……やっぱり私はこの生徒会が、大好きだ。

　これからもみんなで、和気藹々と過ごせる日常が続きますように。

　心の中で、そっと願った。

【END】

番外編 2
ハッピーバレンタイン

2月14日

　これは、1年生の2月に起こった出来事。

「花恋は……チョ、チョコはどうするの？」
「え？」
　体育の授業の後、更衣室から芽衣ちゃんと教室に戻っている時だった。
　チョコ？
「ほら……もうすぐバレンタインでしょう？」
　恥ずかしそうに、そう言った芽衣ちゃん。
　バレンタイン……？
「あっ……ほんとだね……！」
　そういえば、もうそんな時期かぁ……。
　学期末が迫っていて、生徒会の活動も忙しいから忘れてた……。
　1週間後かぁ……。
　今まではバレンタインになったら、仕事関係者の人や事務所の人みんなに渡していた。
　本命はいたことがないから、一度も渡したことがないけど……今年は違う。
　天聖さんにあげるチョコ、頑張って作らなきゃ……！
　だけど天聖さんは甘いものが好きじゃないから、困ったなぁ……何をあげるのがいいだろう……。

「その……よ、よかったらなんだけど……」

　何やら、もじもじと恥ずかしそうにしている芽衣ちゃん。

「どうしたの？」

「友チョコとか交換しない……？」

　友チョコ……？

「したい……!!」

　芽衣ちゃんの提案に、私は目を輝かせた。

「私、そういうの憧れだったのっ……！」

　女の子同士で、作ったチョコを交換するやつだっ……！

　渡すことしか考えていなかったから、バレンタインというイベントが一層楽しみになった。

「芽衣ちゃんに、美味しいチョコ作るね……！」

「え……！　花恋の、手作りチョコ……!?」

　芽衣ちゃんは私と同じように、目をキラキラさせていた。

　ふふっ、楽しみだなぁ。

　でも、友チョコかぁ……仲のいい人や、お世話になった人に渡すってことだよね……。

「花恋は、誰にチョコをあげるの……？」

　芽衣ちゃんに聞かれて、うーんと悩む。

　天聖さんは当然だけど……LOSTのみんなや、生徒会のみんなにもお世話になってるから、渡したほうがいいのかな……。

「友チョコって、みんなにあげるもの？」

　気になって聞けば、芽衣ちゃんはブンブンと首を横に振った。

258

「ううん、そんなみんなにあげるものじゃないわ！ 特定
の友達だけで十分！」

　確かに、みんなに配ったら迷惑かもしれないし……甘い
ものが苦手な人も多いもんね……。

「そっか……でも、LOSTのみんなにはいつもお世話になっ
てるから、あげるべきかな……」

「あげる必要ないわよ!! クラスの男子なんて特に！ あ
げなくていいからね!!」

　そ、そうなの？

　クラスの男子って、もしかして響くんたちのことを言っ
てるのかな……？

「何の話してん？」

　突然後ろから声をかけられ、驚いて振り返る。

　そこにいたのは響くんで、その両隣に蛍くんと陸くんも
いた。

　みんなで更衣室から戻ってきたところみたい。

「あっ……バレンタインの話をしてたの」

　そう言えば、３人が目を見開いた。

「うわ、もうそんな季節か……」

　響くんは忘れてたのか、思い出したように呟いている。

「花恋はもちろん、俺にくれるよね？」

　陸くんが、期待に満ちた表情でそう聞いてきた。

　すると、芽衣ちゃんが血相を変えて私の肩を掴んでくる。

「花恋、あげなくていいわよ！ こいつは毎年山のように
チョコをもらってるし、食べきれなくて捨てられるだけだ

から！」

「えっ……」

　す、捨てられる……？

　嘘……陸くんが、そんなことするはず……。

「おい、勝手なことを言うな」

「本当よ……！　こいつがチョコを捨ててるの見たことが
あるもの!?」

「……っ」

　芽衣ちゃんの言葉に、陸くんが顔を青くした。

　その反応は……捨てたのは、本当ってこと……？

　り、陸くん……。

「ち、違うよ花恋……！　手作りのものは、何が入ってる
かわからないから……」

　いつもスマートな陸くんが、珍しく焦った口調でそう話
した。

　確かに、捨てるのはひどいけど……そういう理由なら仕
方ないのかな……。

　私も、アイドル時代ファンの人がプレゼントを送ってく
れることはあったけど、飲食物は禁止だった。

「陸くんは市販のものがいい？」

　陸くんは、手作りには抵抗があるみたい。

　そう思ったけど、なぜかさらに顔を青くして詰め寄って
きた陸くん。

「嫌だ……！　手作りがいい……！」

　え……て、手作りがいいの……？

「ちなみにこいつは甘いものも嫌いだから、本当にあげなくていいわよ花恋！」

「お前っ……！」

　見つめ合っている、芽衣ちゃんと陸くん。

　ふたりを見ていると、「ふふっ」と笑みがこぼれた。

「芽衣ちゃんは陸くんのこと、なんでも知ってるね。ふたりは本当に仲良しなんだね」

「「仲良くない!!」」

「息もぴったりっ……」

　きっと、ふたりだけの絆があるんだろうな。

「なんやこの地獄絵図……」

　響くんが、私たちを見て苦笑いを浮かべている。

「と、とにかく、友チョコはあたしにだけでいいからね、花恋……！」

「なんでお前が独占しようとしてるんだよ……！」

　うーん……チョコレート、どうしようかな……。

　何を作るかもそうだけど、誰にあげるかも考えなきゃ。

　陸くんは気を使ってくれているのかもしれないけど、欲しいって言ってくれているし、生徒会のみんなには日頃の感謝も込めて渡したい。

　もちろん、LOSTのみんなにも。

　天聖さんには……本命チョコとして、特別なものを渡したい。

　喜んでもらえるように、頑張ろうっ……。

最高の日

【side 仁】

　2月に入り、学内は一層慌ただしさを増していた。

　学期末試験が近づいていることもあって、みんな勉強に励んでいる。

　理由はみんな一緒で、花恋と同じ生徒会に入るため。

　もちろん俺も、最近は柄にもなくテスト勉強に励み、欠かさず授業にも出席して平常点を稼いでいた。

　俺たちLOSTはとくに生徒会の人間とは違って平常点が少ないから、遅れを取り戻そうと必死だった。

　そんなある日曜日。

　この日は俺にとってはただの休日ではなく、待ちに待った日だった。

　花恋との、約束があるから……。

「仁さん、お待たせしましたっ……！」

　待ち合わせ場所のベンチに座っていると、後ろから声が聞こえた。

　慌てて立ち上がって、振り返る。

　笑顔で駆け寄ってくる花恋の姿に、それだけで幸せになった。

　今日もしっかりと変装をして、出来るだけ目立たない格好できたのかもしれない。

　柄のない、シンプルなワンピース。でも、花恋が着ればなんだって華やかに見える。

「全然待ってないよ」

　実は楽しみで1時間前から待っていたなんて言えるはずもなく、笑顔でそう伝える。

「それじゃあ、行こっか？」

「はいっ」

　笑顔で頷いた花恋にくらりとめまいにおそわれながら、ふたりで並んで歩き出した。

　今日は、花恋とスイーツを食べに行く約束をしていた。

　椿グループの系列であるホテルで、バレンタイン限定のアフタヌーンティーをしていて、花恋が気に入りそうだと思って俺から誘った。

　俺としては……ただ花恋と過ごすための口実にすぎないけど。

　ちなみに、天聖にはちゃんと許可を取っている。

　自惚れかもしれないけど、俺だから何も言わなかったんだと思う。

　俺が花恋にとって悪影響になることはしないってわかっているだろうし、信頼はされていると自負しているから。

　それに、あいつは基本的に花恋の行動に口を挟みたくはないらしい。

　独占欲は人並み以上にあるんだろうけど、花恋の行動を制限したくないんだと思う。

　あいつは、花恋だけにはとにかく甘いからな……。

　まあ、花恋に甘いのは天聖だけじゃなく、みんなだけど。
「今日、すっごく楽しみです……！」
　目を輝かせている花恋は、今日も誰よりも可愛い。
　実は俺も、楽しみすぎて昨日は寝れなかった。そんなことかっこ悪いから、言わないけど。
　花恋の前では……誰よりもかっこいい男でいたい。

　ホテルについて、中に案内される。
　マスコミの騒動も落ち着いたとはいえ、外にいるときは花恋も気を張っていると思うから、ちゃんと個室を用意してもらった。
「信頼のおけるスタッフだけに対応してもらうから、安心してね」
　そう伝えると、「ありがとうございます……！」と安心したように笑った花恋。
　可愛くて、ため息がこぼれそうになった。
「うわぁっ……！」
　アフタヌーンティースタンドが運ばれてきて、花恋が目を輝かせた。
　結構な量だな……でも、花恋ならぺろっと食べてしまいそう。
　いまだに、花恋の胃袋の真相が気になって仕方がない。
「食べよっか？」
「はいっ……！」
　花恋はこくこくと頷いてから、メガネを外した。

「えっ……」

　驚いて、フォークを落としてしまう。

「メ、メガネ、外すの？」

　安心していいとは言ったけど……メガネを外されると、俺が困ってしまう。

　ただでさえ可愛いのに、ますます直視できなくなるから。

「はい、邪魔なので……」

　メガネを置いた後、俺の反応を見て何かを察したらしい花恋。

「えっと……リ、リハビリしますか……？」

「だ、大丈夫だよ」

　笑顔でそう言ったけど、心臓はバクバクだった。

　花恋とふたりきりになったことはあるけど、メガネを外した花恋とは初めてだ。

　緊張して、やばいかも……。

「いただきます」と手を合わせて、美味しそうにスイーツを食べている花恋。

「美味しい〜」

　いつも美味しそうに食べているところも、たまらなく可愛い。

　ダメだ……緊張しすぎて、味がしない。

「眺めもキレイですし、こんなに素敵な場所に連れてきてくれてありがとうございます……！」

　嬉しそうに、お礼を言ってくる花恋。

　俺のほうこそ、こんなただの高校生と一緒に過ごしてく

れてありがとうと言いたい。

　もし、花恋が俺の彼女になってくれるなら……こんな場所、いくらでも連れて行ってあげるよ。

　結婚したら、毎日だって花恋の好きなスイーツを探して、食べさせてあげる。

　花恋が望むなら、なんだってプレゼントするし、どこへだって連れて行ってあげるから……俺じゃ、ダメかな。

　そんなことを思ったけど、花恋がもので釣られるはずがない。

　俺……取り柄なんて少ないけど、誰よりも優しくするよ。

　天聖に勝てるところなんて、穏やかさくらいだと思うけど……たくさん笑わせてあげるし、絶対に泣かせないって約束できる。

　……なんて、まだそんなことも言う勇気はないけど。

　振られて気まずくなるくらいなら、今はまだこうしてふたりで出かけるくらいの関係でいたい。

「私、バレンタインの時期が一番好きなんです……！　どこに行ってもチョコレートだらけなので……！」

　チョコが好きなのか、嬉しそうに笑った花恋。

　俺は正直、バレンタインは苦手だった。

　靴箱や机の上とか、至るところにチョコが置かれていて怖いし、正直知らない人の手作りをもらっても困ってしまうから。

　だけど……花恋が好きなら、俺も好きになれそうだ。

　天聖はいいな……きっと、花恋からのチョコがもらえる

だろうから。

　この世で一番の幸せものだ。

　あいつは甘いものは苦手だけど、花恋からのチョコなら喜んで食べるだろう。

「あっ、そうだ！　仁さんにもバレンタインのチョコレート作りますね！」

「えっ……」

　俺は花恋のセリフに、過剰に反応してしまった。

　勢いよく顔を上げて、花恋を見る。

「い、いいの……？」

　義理でも、もらえるだけで嬉しいのに……手作りって……。

　こんなことがあって、いいのか……。

「もちろんです……！　お世話になってる人に渡したくて……！」

　お世話なんて全くしていないけど、花恋の気持ちが嬉しかった。

「あ、ありがとう……！」

　やばい……バレンタイン、最高……。

　天聖は怒りそうだけど……役得すぎる。

　バレンタインが、１年で一番好きな日に変わった瞬間だった。

いつか僕の、

【side 絹世】

　２月も中旬に差し掛かり、生徒会内は緊張感にあふれていた。

　生徒会だけじゃなく多分LOSTも同じだと思う。

　今は、正道くんと伊波くんと、それから陸くんと武蔵くんと僕で生徒会の居残り作業をしていた。

　花恋を残らせるわけにはいかないから、男５人でせっせと山積みの仕事を片付けている。

「はぁ……」

　正道くんのため息が、生徒会室に響いた。

「正道様、辛気臭いお顔をしてどうかされましたか？」

「お前は清々しいほどに失礼だな」

　前までなら驚いただろうけど、伊波くんの毒舌にはもう慣れた。

　ある日を境に、さらっと毒を吐くようになったものだから……最初はびっくりしたけど。

　生徒会で唯一優しいと思ってた伊波くんがこんな爆弾を抱えていたなんて、僕は驚いたよ。

「別に……何もない」

　顔を赤くしながら、視線を逸らした正道くん。

「どうせ、花恋からチョコもらえるかなぁとか期待してるんでしょ」

　陸くんが、そう言って鼻で笑った。

「なっ……そ、そんなことあるはずがないだろう……！」

　図星のお手本みたいな反応をしている正道くんに、陸くんはますます悪い顔になってる。

「あ、じゃあいらないんですね。花恋に言っておきます」

「やめろ……‼」

　正道くんの大きな声が響いて、思わず耳を押さえた。

「そんなことをしたら……京条グループとの締結を全て破棄するぞ……‼」

　それはちょっと、話の規模がでかすぎるよ。

　さすがの伊波くんも、「権力を振りかざすのはおやめになってください」と止めに入っている。

　武蔵くんは興味ないふりをして仕事をしているものの、内心きっと同じことを考えているんだろうなと思った。

　バレンタインが迫って、みんな期待と不安でいっぱいだ。

　花恋から……チョコがもらえるかどうか。

　これは僕たちにとって、死活問題だから……！

「まあ、心配しなくてももらえると思いますけどね」

　陸くんの言葉に、全員が顔を上げた。

　なんだかんだ、伊波くんも不安だったのかもしれない。

「ど、どうしてそう言えるんだ……！」

「クラスの女子と、友チョコの約束してたんで」

　えっ……！

　よかったっ……花恋に友チョコって概念があって……！

　もちろん、僕たちが欲しいのは本命チョコだけど……花

恋からもらえるなら、義理でもなんでもいい。

　とにかくもらえさえすれば……！

「もしもらえなければ、僕が将来バレンタインというイベントごと消してやる」

　相変わらず話がいきすぎている正道くんは、ぶつぶつとそんなことを呟いていた。

　今は学年末試験が近づいて、みんなピリついているけど、花恋からチョコがもらえたら疲れも一瞬で吹き飛ぶ。

　花恋から、チョコがもらえますように……！

　バレンタインまでのカウントダウン、僕は毎日のようにそう願った。

　そして……決戦の、バレンタインの日がやってきた。

　朝の生徒会の時間。花恋はまだ来ていないけど、緊張感が走っていた。

　みんないつも通りを装いながら、そわそわしているのが顔に出ている。

　陸くんも、いつもクールぶっているけど今日はそんな余裕もなさそうだ。

　ガチャっと、生徒会室の扉が開いた。

　みんなが一斉に、びくりと反応したのがわかる。

　僕なんてもう、不安と期待で足がプルプルしていた。

「おはようございます」

　か、花恋っ……。

　いつもの笑顔と可愛い声で挨拶をした花恋。

「お、おはよう！」

　正道くんは、いつもより声が高くなっていた。

「お、おお、おはよ、花恋！」

　僕も、挙動不審なくらい声が上ずってしまう。

「絹世くんもおはよう」

　笑顔の花恋は、いつもは持っていない大きな紙袋を持っていた。

　これは、もしかして……。

「あの……」

　何か言いかけた花恋に、全員の視線が集まる。

「ど、どうしたんだ!?」

「実は……みなさんに、チョコを作ってきたんです……」

　……っ!?!?

　みなさんってことは……僕にも……!?

「苦手じゃなかったら、もらってください」

「い、いいの……!?」

　花恋の手作りチョコなんて……もちろん何個だってもらいたいけど、そんな万金に値するものをもらってもいいのかなっ……。

「うんっ……！　日頃の感謝を込めてつくりましたっ」

　生徒会室からは緊張感が消え、祝福の風が吹き込んだ。

　みんな一様に喜びを噛みしめている。

「はい、絹世くん！」

　手渡してくれたのは、可愛いラッピングがされた袋に入った、チョコレートのカップケーキだった。

　わぁあっ……！

　花恋から……本当にバレンタインチョコがもらえるなん
てっ……！

　義理でも友チョコでも、なんだって嬉しい……!!

「ありがとう！　一生大事にする……!!」

「え？　よ、よかったら食べてねっ」

　苦笑いを浮かべた花恋に、僕は笑顔で頷いた。

　ったやった～！　花恋の手作りチョコ……!!

　僕の機嫌は最高潮によく、他の生徒会のみんなもいつも
なら文句ばっかり言ってくるのに今日は嫌味のひとつも言
われない。

　花恋のチョコには、世界平和の効果さえあるかもしれな
いな。

「あっ……絹世くん、職員室に行くのついてきてくれない
かな？　先生に確認したいことがあって……」

「うん！　もちろん……！」

　花恋からのお願いを僕が断るはずなく、喜んでついて
いく。

「花恋、それなら俺がついていくよ」

「いや、俺も今は手が空いてる。付きそう」

「待て！　確認に行くなら、会長の俺が適任だ！」

　陸くん、武蔵くん、正道くんが挙手して対抗してきた。

　伊波さんも、正道様が行くなら私も……とあやかろうと
している。

「あ、ありがとうございます。でも、ふたりで大丈夫なので、

絹世くんと行ってきます」

　花恋は苦笑いしながら、生徒会室を出た。

「ふふふっ、行ってくるね～」

　みんなから殺意のこもった視線を向けられながら、僕も一緒に部屋を出る。

　というか、確認ってなんのだろう？

　花恋は事務作業をメインにしているから、職員室に行くことは滅多にない。まず、わざわざ先生に確認する作業自体が少ない。

　不思議に思った時、花恋が僕の背中に手を添えた。

「絹世くん、こっちにきて……！」

　えっ……！　な、なんだろう……！

　花恋に押されるがまま、近くの空き教室に入る。

　花恋はポケットから、薄い長方形の箱を取り出した。

「これ、どうぞ！」

　その箱を、僕に差し出した花恋。

「これ、僕に……!?」

「うん！」

　なんだろう……？

「あ、あけてもいい……？」

「もちろん！」

　ゆっくりと、りぼんを解いて箱の蓋を開ける。

「これ……」

　中には……アイシングクッキーが入っていた。

　人の形をしたクッキーが、可愛い衣装を着ている。

　しかも、ただの衣装じゃない。
「カレンの、『Candy』の衣装……！」
　それは、僕がカレンの楽曲の中で一番好きな曲。その曲
のパフォーマンスの時に、カレンが着ていた衣装だった。
「やっぱり、気づいてくれたっ」
　嬉しそうに笑った花恋。気づくに決まってるよ……！
　え、でも、どうして……!?　こんなグッズはなかったは
ずだし……。
「絹世くん、この曲が一番好きだって言ってくれてたでしょ
う？　この前ごぼちゃんを取ってもらったお礼もしたかっ
たから、絹世くんのは特別に作ったの……！」
　え……！　これ、花恋がつくったの……！
　こんなに繊細なアイシングクッキー、きっと時間がか
かったと思うのに……僕のために……？
　ごぼちゃんのお礼なんて、いいのに……。
　嬉しくてたまらなくて、涙が溢れそうになった。ぎゅっ
と下唇を噛みしめてこらえる。
「あ、ありがとうっ……！　一生の宝物にする……！」
　部屋に飾って……家宝にするよっ……！
「た、食べてね」
　花恋はそういうけど、食べるなんてもったいなくてでき
るわけない。
　このクッキーには、花恋の気持ちや苦労が全部こめられ
ていると思うと、僕にとっては世界で一番価値のあるもの
に見えた。

　それに、僕が『Candy』yが好きって言ったことも覚えてくれていたなんて……こんなに嬉しいことはないよっ……。

「僕、昔は『hug me』が一番好きだったんだ」

　そういうと、花恋はふふっと笑った。

「知ってるよっ。ラジオで私が選んだから、『Candy』が一番好きになってくれたんだよね」

「……っ」

　なんで……。

　花恋に、直接言ったことないのに……。

　というか、この話は……。

「絹世くんのファンレターは何度も読んだから……！」

　……ファンレターにしか書いたことがない、誰にも言ったことがない話だった。

　読んでくれていたとは言っていたけど……本当に僕のあんなつたない手紙を読んでくれてたなんて……。

　それに、何度もって……。

　僕の全部が報われた気がして、喜びのあまり言葉が出てこない。

　こんなに幸せなこと、あっていいのかな……。

　あの日……カレンを見つけた過去の僕に、心の底から感謝した。

「そろそろ戻ろっか？　みんなが心配するかもしれないし……」

　あ……。

　せっかくのふたりの時間が、終わっちゃう。

　僕は壊さないようにそっと蓋をして、服の袖で隠した。

　ポケットに入れたら、割れちゃうかもしれないから……
そっと持って帰ろう。

　みんなにはバレないように。

「花恋！」

　感極まって黙り込んでしまっていたけど、教室を出よう
とした花恋を呼び止めた。

「はあい？」

「僕、誰よりも頑張るね……！」

　どうしてもそれだけは言っておきたくて、笑顔で伝えた。

「え？　……うん！」

　花恋は意味がわかってなさそうだけど、可愛いからいい
か……！

「行こ！」

「うんっ」

　僕にとって、この宇宙で一番大好きな人。

　僕だけじゃなく、いろんな人の一番だってわかってる。

　それでもね、僕の好きは特別だよ。

　花恋のためなら、命だって惜しくないくらい。

　だから……。

　いつか僕の、お嫁さんになってねっ……！

一番

【side 響】

　いつもは、授業が始まる10分前に着くように学校に行ってる俺。

　花恋が生徒会終わってぎりぎりに来るから、花恋が着くちょっと前くらいはおるようにしとった。

　けど……今日は朝から落ち着かんくて、30分も早く登校した。

　教室に入った時、ちょうど登校してきた蛍。

　俺を見て、驚いてる。

「お前、早く来すぎ」

「いやいや、お前もやろ……」

　その言葉、そっくりそのまま返すわ……。

　ふたり揃って、小学生か……はぁ……。

　カバンを置いた時、前の席から視線を感じて顔を上げる。

　視線の主は石田やったみたいで、俺たちのほうに歩み寄ってきた。

「おはようございます。ずいぶん早いんですね」

　だから、それはお前もやろって……。

　こいつも、知らんけどいつもはもっと遅いはずや。

　自分のこと棚に置く奴しかおらんのかここには……。

　石田はふんっと鼻を鳴らしてから、腕を組んで俺たちを見下ろしてきた。

「ふたりとも、何か期待してるみたいですけど、勘違いしないでくださいね。もしもらえたとしても、ただの義理チョコなので」

　ほんま、なんやねんこいつ……。

「お前もやろ」

「あたしは友チョコですわ！　あなたたちよりも上です！」

　……どう考えても、俺らのほうが花恋と仲いいって。歴も絆もこっちが上や……。

　あんな花恋のこと目の敵にしとったくせに、とんだ花恋信者になってるやん。

　しかも、愛情表現が陸並みにやっかい。

　花恋は女友達が欲しいってずっと思っとったみたいやし、俺もできたらええなとは思ってたけど……こいつはちゃうわ。

　何をするでもなく、ぼうっとスマホを見ながら花恋が来るのを待つ。

　あー……なんでこんな緊張してんねん、俺……。

「みんな、おはようっ」

　花恋の声がして、びくっと肩が跳ね上がった。

　き、来た……。

「お、おはよう」

　蛍が、うわずった声を出した。いつもクールぶってるくせに、今日はポーカーフェイスも保たれへんらしい。

「お、おおお、おはよう花恋……！」

　俺も、アホみたいに噛んでもうた。……終わりや。

「か、花恋‼　おはよう‼‼」

　馬鹿でかい声を出しながら、駆け寄ってきた石田。

「芽衣ちゃん、おはよう！　早速だけど、はいこれどうぞっ」

　花恋は紙袋から、ラッピングされたチョコのカップケーキを取り出した。

「はっ……あ、あああ、ありがとう……！」

　それを崇めるように持ち上げて、眺めてる石田はもはや頭がおかしなってる。

「一生大切にする……‼」

「あはは……芽衣ちゃんまで……」

　"まで"って、他の奴にも言われたんか？

　ってことは……生徒会の奴らにもチョコあげたんかな？

　ちょっとだけ、もやっとした感情が生まれる。

　自分がこんな嫉妬深い男やってことに、初めて気づいた。

「これ……花恋の手作りチョコに比べたら価値なんて皆無なんだけど、よかったらもらって……！」

　石田も花恋にチョコを持ってきたんか、見るからに高そうな箱を渡してる。

「えっ……こ、これ、有名ブランドのチョコ……！　こんないいもの、もらってもいいの……？」

「もちろん……！」

　あー……俺もチョコ持ってきたらよかった。

「ありがとう芽衣ちゃん……！　大切に食べるね！」

　こんな喜ぶ顔するんやったら、石田よりいいもん見繕って買ってきたのに。

「響くんと蛍くんも、これよかったらもらって！」

　えっ……！

　俺たちにも、カップケーキを差し出してくれた花恋。

　もらえるか不安やったから、めっちゃ嬉しい……！　やばい、顔にやけんの抑えられへん……！

　だらしなく緩む口元を隠すように、手で押さえた。

「いつもお世話になってるから、バレンタインチョコ！チョコ味のカップケーキだけどっ……」

「あ、ありがとうな……！　嬉しいわ……！」

「……もらっとく」

　蛍も、眉間にしわを寄せていろいろこらえてるみたいやけど、隠しきれてへんかった。

「花恋、ふたりにはあげなくていいのに……ていうか、俺以外にはダメだよ」

　うしろで陸が意味わからんこと言ってるけど、今日は無視や。

　今は花恋からのチョコが嬉しすぎて、どんな嫌味を言われてもスルーできる。

「味は保証できないんだけど」

　こんなん、美味しいに決まってる……。

　花恋が作ったもんやったら、嫌いなもんでも喜んで食べるわ。

　帰ってから、大事に食べよ……。

　そう思って、そっとカバンに直す。

　いつか、叶うなら……花恋から本命チョコをもらう日が

けえへんかな。

　そんなことを思った自分に恥ずかしくなって、髪をかき
上げた。

　……いやいや、照れてる場合ちゃう。何を弱気になって
んねん。

　俺だって……花恋を想う男のひとりや。

　相手が長王院さんやからって、諦めへんって決めたやろ。

　いつかこの義理チョコが、本命のチョコになるように努
力するだけや。

　頑張るから……俺のことも、見ててや花恋。

　楽しそうに笑っている花恋を見て、心の中で呟いた。

　初めて好きな相手からもらったチョコは、人生で食べた
もんの中で、間違いなく一番うまかった。

愛おしい時間

【side 天聖】
「天聖さん、今日の夜空いてますか？」

　朝。花恋からそう聞かれた。

　改めてそんなことを聞いてくるなんて、何かあるのかと疑問に思う。

「空いてる。どうした？」

「よかったっ……えっと、今日、私の部屋で過ごしませんか？」

　本当にどうしたんだ……改まって……。

　付き合ってから、ほぼ毎日俺のマンションの部屋で過ごしている。

　ふたりで帰宅してそのまま俺の家に行くことも多いため、わざわざそんなことを言う花恋に違和感を覚えた。

　それに、どうして花恋の部屋なんだ？

　かまわないが、何か理由があるのかと心配になった。

「ああ」

　ただ、断る理由もなく、その時は追及もしなかった。

　昼休みになり、溜まり場に向かう。

　すぐに花恋たちも現れて、いつものように昼食をとろうとした時だった。

「あの、皆さんに渡したいものがあって……」

282

　花恋が、おもむろに紙袋を取り出した。

　ん……？

「ハッピーバレンタインです！」

　笑顔で、ラッピングされた小袋を取り出した花恋。

　それを他のメンツに配り始めた。

「はい、大河さん、仁さん、充希さん！　よかったらもらってください……！」

　バレンタイン……ああ……そういうことか。

　イベントごとには興味がなかったから、知らなかった。

　俺には関係ないから、日程すら覚えていなかった。

　今日か……。

「あ、ありがとう……！」

「いいのか、もらっても……」

「手作りか？　食う!!」

　花恋から袋をもらった仁たちは、口元を緩ませてだらしない顔をしている。

　その顔を見ていい気はしないが、花恋なりに感謝を伝えたかったんだろうと納得した。

　こんなことでいちいち嫉妬していたら、心の狭い男だと思われる。

　俺は……花恋が楽しいなら、それでいい。

　そう思いながら、内心は独占欲を膨らませていた。

「て、天聖さんには、後で渡します……！」

　こそっと、他の奴には聞こえないくらいの声で言った花恋。

　もしかして、予定をわざわざ確認してきたのはそういうことか……？
　花恋の意図に気づいて、放課後が待ち遠しくなった。

　先に自分の家に帰ってから、風呂に入った。
　1時間待ってくださいと言われたから、時間になってから花恋の家に向かう。
　インターホンを鳴らすと、すぐに笑顔を花恋がドアを開けてくれた。
「お待たせしました！　どうぞ！」
「邪魔する」
　花恋の部屋に入るのは、久しぶりかもしれない。
　花恋の甘い匂いが部屋に溢れていて、柄にもなく緊張してしまう。
　好きな相手の部屋ってだけで、平静を保てない。
　案内されるがままリビングに入ると、いい匂いが鼻をかすめた。
　テーブルの上には、豪勢な料理が並んでいる。
「……すごいな」
　スープやサラダ、パスタに加えて、肉の乗ったカレーまであった。
「バレンタインディナーです、えへへ」
　俺のためにつくってくれたことが嬉しくて、愛しさが溢れた。
「高かっただろ」

　　花恋は倹約家で、買い物する時はいつも１円単位で安さ
を追求しているから心配になった。
「安心してください！　予算内で作りました……！」
　　変なところでドヤ顔をするのが花恋らしい。
「そうか。……ありがとう。嬉しい」
　　笑顔でそう言えば、花恋も嬉しそうに口元を緩めた。
「食べましょうっ！　私、お腹ぺこぺこで……」
　　ふたりでテーブルを囲んで、手を合わせた。
「……うまい」
　　花恋の飯はいつだってうまいが、今日は格別に美味く感
じる。
「よかったっ……」
　　俺は食に対して関心は薄いが、花恋の作るものは全部う
まくて、いくらでも腹に入った。
　　花恋も俺も、カレーを２杯ずつ食べきった。
　　俺はともかく……花恋は細い体のどこに入っているのか
いまだにわからない。
「あの……実はこのカレー、チョコレートが入ってたんで
す」
「……そうなの？」
　　チョコの味はしなかったから、驚いた。
　　俺は甘いものは苦手だが、甘さは感じなかったし……た
だただうまかった。
「はい……ちょっと待っててください！」
　　そう言って、キッチンに走っていった花恋。

　すぐに戻ってきた手には、ハート形の箱が握られていた。

　これは……チョコか？

「天聖さん、甘いものは苦手だから……チョコレートは諦めてカレーにしようかなって思ったんです」

　そうだったのか。

　俺のことを考えてくれた花恋の気持ちは嬉しい。

　ただ、甘いものは苦手だが、花恋が作ったものなら別だ。

　砂糖の塊だろうと、喜んで食う。

「でも、やっぱりどうしてもチョコレートは渡したくて、これ……カカオ豆から作りました！」

　え……？

　衝撃的な発言に、目を見開いた。

　作ってくれたのか……？

　詳しいことは知らないが、普通はチョコを溶かして作るものだという認識がある。

　それだけ手間をかけてでも、俺に作ってくれたことが嬉しかった。

「砂糖は一切入っていないので、甘くないと思います！」

「……食っていいか？」

　花恋が、こくりと笑顔で頷いた。

　箱を開けると、中に入っていたのは綺麗なハート形のチョコ。

　花恋が作ってくれたチョコだと思うと食べてしまうのがもったいない気持ちもあったが、俺のために作ってくれたものを食べないという選択肢はなかった。

　かじったチョコが、口の中で溶ける。

「うまい」

　花恋の言った通り完全に甘みのないチョコだが、俺の好みの味で、自分のためにだけ作られたものだとわかる。

「ほ、ほんとですか？」

「ああ」

　チョコをうまいと思ったのは生まれて初めてだ。

「私は苦いの食べられないので味見できなくて、不安だったんですけど……そう言ってもらえてよかったです」

　安心しきったように、目尻を垂れさげた花恋。

　その表情が愛くるしくて、チョコをテーブルにおいてから花恋を抱き寄せた。

「俺のために、こんなにやってくれてありがとう」

　料理から、チョコから何まで……最高のサプライズだった。

「もっと何かしたかったんですけど……いい案が思い浮かばなくて……」

「十分だ。それに……その気持ちだけで嬉しい」

　お前が俺のことを好きになってくれただけで、俺は十分すぎるくらいに幸せなんだ。

　何もいらない。……いてくれるだけでいい。

「天聖さんがいつも私に何かしてくれるように、私も天聖さんになら……なんでもしたいって思ってます……」

　花恋が、そっと俺を抱きしめ返してきた。

「伝わり、ましたか？」

「……ああ」

　幸せを噛みしめるように、抱きしめる腕に力を込めた。

「ふふっ。今日は天聖さんのお願い、なんでも聞きます」

　なんでも……？

　……バレンタインという日に、感謝する時が来るとは思わなかった。

「お前からのキスがほしい」

「えっ……」

「嫌か？」

　じっと見つめれば、花恋は顔を赤くしながらも、そっと顔を近づけてくる。

「そんなの、いくらでもっ……」

　可愛すぎる恋人と、最高の1日を過ごした。

【END】

☆ afterword

あとがき

　このたびは、数ある書籍の中から『極上男子は、地味子を奪いたい。⑥ 〜溺愛総長は、永遠に地味子を離さない〜』をお手にとってくださり、ありがとうございます！

　最終巻のラスト、いかがでしたでしょうか……！

　本作は前作連載中から話を練っていた作品で、2020年の10月くらいから執筆を始めていました！　2021年の4月に第1巻を刊行し、約1年の長期連載になりましたが、体感では3ヶ月くらいかもしれません……！（笑）それくらい本編の執筆はただただ楽しく、書いている間はずっと幸せでした！

　私をずっと幸せな気持ちでいさせてくれた『極上男子シリーズ』の登場人物全員には感謝の気持ちでいっぱいです！

　終わってしまうのはとても寂しいですが、こうして無事完結を迎えられてほっとしています！

　全6巻という長編に最後までお付き合いくださり、ありがとうございました……！

　いつまでも花恋と天聖カップルは末長く幸せに暮らしていると思います！

　ちなみに、番外編では事前にとらせていただいたアンケート結果にて人気だった天聖、充希、蛍、仁斗、響、絹世をメインに書かせていただきました！　アンケートの結果は

私の予想と大幅に違ったので、とても驚きました……！

　とくに予想外だったのは仁さんと絹世くんで、序盤では出番が少なかったので上位に入っていて嬉しかったです！

　アンケートに投票してくださった方にも、重ねてお礼申し上げます！

　『極上男子シリーズ』は、これにて完結となりますが、本書に携わってくださった方々へ最後にお礼を述べさせてください！

　まずは、本作のイラストを担当してくださった柚木ウタノ先生！　柚木先生はいつも本シリーズのために素敵なイラストを描いてくださいました……！　実は柚木先生は実際に挿絵になったイラストとは別に、何案もラフを描いてくださっていました……！　極上男子シリーズは柚木先生の素敵なイラストがあってこそ成り立った作品だと思っています！　本当にありがとうございます……！！

　そして、何より、今このあとがきを読んでくださっている読者様！　読者様のおかげで、執筆活動を続けられています！

　デザイナー様、書店の方々……書籍化にするにあたり携わってくださったすべての方々に、深く感謝申し上げます！

　最後まで読んでくださって、本当に本当にありがとうございます！！

　またどこかでお会いできることを願っております(*´˘`*)！

2022年2月25日　＊あいら＊

作・＊あいら＊

ハッピーエンドを専門に執筆活動をしている。2010年8月『極上❤恋愛主義』が書籍化され、ケータイ小説史上最年少作家として話題に。そのほか、『お前だけは無理。』『愛は溺死レベル』が好評発売中（すべてスターツ出版刊）。シリーズ作品では、『溺愛120％の恋♡』シリーズ（全6巻）に続き、『総長さま、溺愛中につき。』（全4巻）が大ヒット。胸キュンしたい読者に多くの反響を得ている。ケータイ小説サイト「野いちご」で執筆活動中。

絵・柚木ウタノ（ゆずき　うたの）

3月31日生まれ、大阪府出身のB型。2007年に夏休み大増刊号りぼんスペシャル「毒へびさんにご注意を。」で漫画家デビュー。趣味はカラオケと寝ることで、特技はドラムがたたけること。好きな飲み物はミルクティー！　現在は少女まんが誌『りぼん』にて活動中。

ファンレターのあて先

〒104-0031

東京都中央区京橋1-3-1

八重洲口大栄ビル7F

スターツ出版（株）書籍編集部　気付

＊あいら＊先生

KEITAI
SHOUSETSU
BUNKO
野いちご SINCE 2009

極上男子は、地味子を奪いたい。⑥

～溺愛総長は、永遠に地味子を離さない～

2022年2月25日　初版第1刷発行

著　者　＊あいら＊
　　　　©＊Aira＊ 2022

発行人　菊地修一

デザイン　カバー　粟村佳苗（ナルティス）
　　　　　フォーマット　黒門ビリー＆フラミンゴスタジオ

ＤＴＰ　久保田祐子

編　集　黒田麻希

編集協力　ミケハラ編集室

発行所　スターツ出版株式会社
　　　　〒104-0031 東京都中央区京橋1-3-1　八重洲口大栄ビル7F
　　　　出版マーケティンググループ　TEL03-6202-0386
　　　　（ご注文等に関するお問い合わせ）
　　　　https://starts-pub.jp/
印刷所　共同印刷株式会社
Printed in Japan

ISBN　978-4-8137-1222-0　C0193

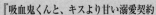

読むたび何度でも恋をする…全力恋宣言！
毎月25日はケータイ小説文庫の日♥

心に沁みるピュアラブやキラキラの青春小説、
「野いちご」ならではの胸キュン小説など、注目作が続々登場！

ケータイ小説文庫　2021年12月発売

『不機嫌な幼なじみに今日も溺愛されるがまま。』　小粋・著

高1の莉愛は幼なじみの爽斗が大好き。爽斗は莉愛に意地悪なことばかり言うけれど、実は意地悪の原因は爽斗のヤキモチ。爽斗は莉愛が大好きだったのだ。そんな2人の前に、莉愛に想いを寄せる幼なじみ・優心が現れ、爽斗の独占欲は大爆発。鈍感女子×一途で不器用な幼なじみたちの恋の行方は!?
ISBN978-4-8137-1191-9
定価：649円（本体590円＋税10%）

ピンクレーベル

『極上男子は、地味子を奪いたい。⑤』　＊あいら＊・著

正体を隠しながら、憧れの学園生活を満喫している元伝説のアイドル、一ノ瀬花恋。花恋の魅力に触れた最強男子たちが続々と溺愛バトルに参戦!!　そんな中、花恋は本当の自分の気持ちに気づき…。楽しみにしていた文化祭では事件発生！　大人気作家＊あいら＊による胸キュン新シリーズ第5巻！
ISBN978-4-8137-1192-6
定価：649円（本体590円＋税10%）

ピンクレーベル

『クールなモテ男子と、キスからはじまる溺愛カンケイ。』　青山そらら・著

高2の美優には、超モテモテでイケメンの男友達・歩斗がいる。ずっとこのままの関係が続くと思っていたのに、歩斗から突然のキス＆告白!?　「俺のことしか考えられなくなればいいのに」と言ってきたり、抱きしめてきたり、歩斗のストレートな言葉や行動に、美優はドキドキが止まらなくて…！
ISBN978-4-8137-1193-3
定価：649円（本体590円＋税10%）

ピンクレーベル